中国最美古典诗词

田园卷

刘凤珍 著

中国华侨出版社

图书在版编目(CIP)数据

中国最美古典诗词.田园卷 /刘凤珍著.—北京：中国华侨出版社,2013.10 （2021.2重印）

ISBN 978-7-5113-4150-1

Ⅰ.①中… Ⅱ.①刘… Ⅲ.①古典诗歌–诗歌研究–中国 Ⅳ.①I207.2

中国版本图书馆 CIP 数据核字(2013)第244175 号

中国最美古典诗词·田园卷

著　　者	刘凤珍
责任编辑	文　慧
责任校对	志　刚
经　　销	新华书店
开　　本	870 毫米×1280 毫米　1/32　印张/8　字数/240 千字
印　　刷	三河市嵩川印刷有限公司
版　　次	2013年10月第1版　2021年2月第2次印刷
书　　号	ISBN 978-7-5113-4150-1
定　　价	38.00 元

中国华侨出版社　北京市朝阳区静安里26号通成达大厦3层　邮编:100028
法律顾问:陈鹰律师事务所
编辑部:(010)64443056　　64443979
发行部:(010)64443051　　传真:(010)64439708
网址:www.oveaschin.com
E-mail:oveaschin@sina.com

前 PREFACE 言

现代作家周作人在其散文《故乡的野菜》中写道："我的故乡不止一个,凡我住过的地方都是故乡。故乡对于我并没有什么特别的情分,只因钓于斯游于斯的关系,朝夕会面,遂成相识,正如乡村里的邻舍一样,虽然不是亲属,别后有时也要想念到他。"人同此心,人同此感。当我们说起自己的故乡时,无论是吃食,还是风景,乃至人事,总有一种亲近的感觉,所以自古至今有无数诗人纷纷题咏自己的故乡田园,倾诉游子思乡的情怀。

先秦两汉时代,是中国逐渐从四分五裂走向大一统的时代。在此期间,军阀混战,胡汉纷争,各种战事不断,而人民的赋税、徭役也相当繁重。因此，很多人被迫离开家园，远离故土，结果就是妻离子散，仇怨满怀。在这种情况下，人们对故乡和亲人的思念倍加深广，纷纷歌以咏志。"鸡栖于埘，日之夕矣，羊牛下来。"当暮色四合的时候，炊烟升起，人们纷纷回到家中，团聚时刻就分外想念那缺席的一个。因为战争太过频繁，人民生活颠沛流离，因此怨妇相思、游子怀乡一类主题的诗歌特别常见。

魏晋南北朝时期，是中国历史上最混乱的时期，五胡十六国交相征伐，南方宋齐梁陈轮番更替，结果就是政治黑暗，社会动荡。与此同时，政治上世家大族几乎独霸朝廷权势，世代安乐，养成了一批学识丰富但是酷爱谈玄说理的文人。当这些文人政治上不得志，或者有感于时代衰微的时候，就开始发展一种山水诗歌，在山水之中娱情悦性，走向归隐、求仙一面。这个时期最有才华的诗人是陶渊明，他弃官归隐，以《归园田居》《饮酒》等诗篇成为田园诗的真正鼻祖，而其在《桃花源记》中描绘的避难胜地如今已经成为无数人心目中的仙境所在。

隋唐时期，中国国力鼎盛，文人也纷纷追求建功立业，结果就是大家都在故乡之外奔波操劳。但是，功名利禄人人追求，却不可能每个人都得偿所愿。于是，那些功名不能立就的人，就成为"独在异乡为异客"的游子，每当天色向晚，他们就难免思念家乡，所谓"日暮乡关何处是，烟波江上使人愁"。初唐、盛唐、中唐、晚唐各个时代都有杰出的田园诗人，他们或是写故园山水寄予自己的乡愁，或是写他乡山水来反衬自己的思念之情。由于唐代科举以诗词考试，所以写诗的人特别多，而唐代天才也特别多，加上上承魏晋南北朝诗人在山水诗创作方面的经验，他们很善于学习，于是这期间的田园诗蔚为大观，令人称赞。

宋元明清时期，中国进入一个新的阶段，士农工商的社会结构基本没有变化，而文人才士的数量也非常之高。此外，这一段时期是中国文化典籍传播最迅速、最方便的时候，人们的知识量也较前人大为增长。于是，这一时期的田园诗出现一个明显的特点，就是诗中的"学问"明显增加，喜用典故的诗人特别多。读者在阅读本书时或许会体会到一个明显的趋势，从先秦时期开始，到了这个时候，用词越来越精巧，造句越来越富有变化，从平实质朴到此时的清丽奇崛，风格变化相当突出。有时候，一首看似简单的诗歌，却可能句句有典故，有些诗句中不过七个字，却能有两到三个典故，若不理解这些典故，就无法准确理解诗歌的意思。

　　社会学家常常喜欢说中国是家族社会，或许事实正是如此。因此之故，数千年来，人们对家园、家族、家人的思念之情，似乎从来没有变化过。我们今天读古人的这些诗歌，无论是一百年前，还是一千年前，乃至两千年前的诗歌，总是感觉如此亲切。唐朝九公主读了王维的诗歌非常喜欢，以为是古代佳作，不料却是当代作品。我们读这些古代作品，常常却会有恍如今作之感。这正说明，对于家园的爱意，我们从来没有改变。

目 CONTENTS 录

辑一

难舍是家园——先秦两汉

采莲戏水——《江南》 / 003

田间有好女——《陌上桑》 / 006

弃妇哀思——《有所思》 / 010

悲秋怀乡——《古八变歌》 / 014

秋风萧瑟——《古歌》 / 018

春风摇曳——《董娇娆》 / 021

家有难事——《妇病行》 / 024

意气风发——《相逢行》 / 028

日落而息——《诗经·君子于役》 / 032

劳苦夏日——《诗经·七月》 / 036

城市风光——《名都篇》 / 042

遥望故乡——《胡笳十八拍（其十七）》 / 047

辑二

世外寻桃源——魏晋南北朝

舍得一片悠然——《饮酒（其五）》/ 055

怡然村景——《归田园居（其一）》/ 059

忧道不忧贫——《癸卯岁始春怀古田舍（其二）》/ 063

从心所欲——《归田园居（其三）》/ 067

乡居无厌——《移居（其二）》/ 071

病中登楼——《登池上楼》/ 074

山中岩栖——《石壁精舍还湖中作》/ 078

且歌山水——《招隐（其一）》/ 082

游仙长生——《游仙诗（其五）》/ 087

河边踏青——《江上曲》/ 091

春情动人——《王孙游》/ 095

郊野风情——《游东田》/ 098

关山路远——《暂使下都夜发新林至京邑赠西府同僚》/ 102

怀乡之思——《晚登三山还望京邑》/ 105

隐居之乐——《诏问山中何所有赋诗以答》/ 108

清净玄思——《入若耶溪》/ 111

帝王别思——《采莲曲》/ 114

辑三
田园有真趣——隋唐五代

闲情逸致——《过故人庄》／ 119

牧童晚归图——《渭川田家》／ 122

塞外鳜鱼肥——《渔歌子》／ 126

百兽逍遥——《商山麻涧》／ 130

渔翁散歌——《渔父歌》／ 134

暮秋孤独——《余干旅舍》／ 137

山中清景——《寄全椒山中道士》／ 141

春耕禾苗长——《观田家》／ 144

春日风物——《寒食》／ 148

田园清苦——《女耕田行》／ 151

乡情难忘——《竹枝词（其一）》／ 154

幽谷秋霜——《秋晓行南谷经荒村》／ 157

长安春色——《长安早春》／ 160

小院风情——《菩萨蛮·玉楼明月长相忆》／ 163

田中咏志——《田家即事》／ 166

诗仙醉吟——《下终南山过斛斯山人宿置酒》／ 169

高怀雅兴——《终南别业》／ 172

孤舟夜泊——《旅夜书怀》／ 176

辑四

避世求独善——宋元明清

风吹麦浪滚——《后元丰行》／183

烟雨乡村——《山村五绝（其二）》／187

山野行路——《浣溪沙·簌簌衣巾落枣花》／190

春江晚景——《惠崇春江晚景》／194

秋日野景——《村行》／198

田家乡怨——《田家语》／202

诗画同构——《早晴至报恩山寺》／206

远人思乡——《踏莎行·郴州旅舍》／210

病中愁思——《病起荆江亭即事》／214

病起赋诗——《鹧鸪天·鹅湖归病起作》／219

夏日西湖畔——《晓出净慈寺送林子方》／223

村居之乐——《移居东村作》／226

花间蝶飞舞——《四时田园杂兴（其十五）》／230

莫如归去——《临安春雨初霁》／233

豁然开朗——《游山西村》／237

春色难掩——《游园不值》／240

怅然叹息——《晚晴野望》／243

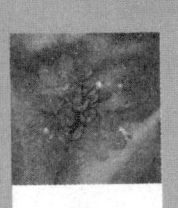

辑一　难舍是家园——先秦两汉

先秦两汉是中国古代诗歌的起步时期，以《诗经》和《楚辞》为源头，在汉代发展出赋、五言诗等诗体。在这几百年间，诗歌基本上是人民百姓口头歌咏的作品，所以政府设立所谓"采诗官"从民间搜集歌谣。《诗经》和《汉代乐府》就是由此而来，并经由文人官员整理修订之后得到的诗歌汇总。因此之故，此时的田园诗歌大多反映了人民的真实生活情况，口头语比较多，直抒胸臆比较多，为了适应口头歌咏的需要还有很多重音叠沓，令人读来感到清新扑实、朗朗上口。

采莲戏水

——《江南》

江南可采莲,莲叶何田田。鱼戏莲叶间。鱼戏莲叶东,鱼戏莲叶西,鱼戏莲叶南,鱼戏莲叶北。

汉乐府

《江南可采莲》是汉朝乐府诗歌,宋代郭茂倩编辑《乐府诗集》时将其收入《相和歌辞》,"相和,汉旧曲也,丝竹更相和,执节者歌"。其实,这些相和歌辞很多都是前代的歌谣,《晋书·乐志》认为,"凡乐章古辞存者,并汉世街陌讴谣",并举出《江南可采莲》、《白头吟》和《乌生十五子》等为例子。这些汉朝的街头小调在后来逐渐被人谱写音乐,用管弦之乐演奏,同时有人负责歌唱，就是所谓的"相和"。

一代散文名家朱自清在其著名的《荷塘月色》中说，"采莲是江南的旧俗，似乎很早就有，而六朝时为盛；从诗歌里可以约略知道。采莲的是少年的女子，她们是荡着小船，唱着艳歌去的。采莲人不用说很多，还有看采莲的人。那是一个热闹的季节，也是一个风流的季节。"

当这样的风流季节到来的时候，江南总是莺飞草长，人们也忍不住走出家门，欣赏这身边的美景。绿色的莲叶叶叶相连，从东边蔓延到西边，从南边蔓延到北边，几乎铺满了水面。在叶子中间，唯有狭窄的水道可以通行，采莲船正从这样的水道中穿来穿去。采莲的少女一边唱着清歌，一边采摘莲子。轻曼的身影和清越的歌声结合，在接天莲叶无穷碧的美景中反复出现，让人生出无限遐想。采莲船四处漂动，也让人仿佛看到有鱼儿在莲叶之间来回穿梭和嬉戏。

这样一幅美妙的图景，正是江南人最习见的故乡景观。《乐府题解》认为，这首乐府得其情趣，是江南人趁着良辰美景在外游玩的场面，即所谓"嬉游得时"。在南朝宋代诗人汤惠休那里，江南被添加上一种思乡的含义，"幽客海阴路，留戍淮阳津。垂情向春草，知是故乡人。"唐朝诗人白居易的《忆江南》写道，"江南好，风景旧曾谙。日出江花红胜炎，春来江水绿如蓝。能不忆江南？"

这首诗是两汉乐府中较为清丽的一首，写出江南人的日常生活状况。需要注意的是，诗歌中的"莲"字在当时也常常与"怜"相关，即所谓的"双关"。因此，有人认为，这首诗也是一首爱情诗。或许正是从这个角度出发，朱自清才认为采莲季节是一个风流的季节。梁代诗人刘缓甚至以《咏江南可采莲》为题目写了一首更富爱情色彩的诗歌："春初北岸涵，夏月南湖通。卷荷舒欲倚，芙蓉生即红。楫小宜回迮，船轻好入丛。钗光逐影乱，衣香随逆风。江南少许地，年年情不穷。"

或许是由于采莲女子的清婉形象深入人心，或许是"莲"字与"怜"同音容易造成特别的诗词效果，后世诗人也写了很多关于采莲的诗歌，用采莲表示相思之意。比如，唐代诗人刘沧《代友人悼姬》诗云："罗帐香微冷锦裯，歌声永绝想梁尘。萧郎独宿落花夜，谢女不归明月春。青鸟罢传相寄字，碧江无复采莲人。满庭芳草坐成恨，迢递蓬莱入梦频。"江上没有"采莲人"，就被用来比喻情人之死。

田间有好女
——《陌上桑》

日出东南隅，照我秦氏楼。秦氏有好女，自名为罗敷。
罗敷喜蚕桑，采桑城南隅。青丝为笼系，桂枝为笼钩。
头上倭堕髻，耳中明月珠。缃绮为下裙，紫绮为上襦。
行者见罗敷，下担捋髭须。少年见罗敷，脱帽著帩头。
耕者忘其犁，锄者忘其锄。来归相怨怒，但坐观罗敷。

使君从南来，五马立踟蹰。使君遣吏往，问是谁家姝？
"秦氏有好女，自名为罗敷。""罗敷年几何？"
"二十尚不足，十五颇有馀。""使君谢罗敷，宁可共载不？"
罗敷前置辞："使君一何愚！使君自有妇，罗敷自有夫。"

"东方千馀骑,夫婿居上头。何用识夫婿?白马从骊驹。青丝系马尾,黄金络马头。腰中鹿卢剑,可值千万馀。十五府小吏,二十朝大夫。三十侍中郎,四十专城居。为人洁白皙,鬑鬑颇有须。盈盈公府步,冉冉府中趋。坐中数千人,皆言夫婿殊。"

汉乐府

《陌上桑》和《咏江南可采莲》一样,是汉代乐府,又名《艳歌罗敷行》。崔豹《古今注》中说,《陌上桑》这首诗来自一个河北邯郸一户秦姓人家的故事,"邯郸人有女名罗敷,为邑人千乘王仁妻。王仁后为赵王家令。罗敷出采桑于陌上,赵王登台而悦之,因置酒欲夺焉。罗敷巧弹筝,乃作《陌上桑》之歌以自明,赵王乃止"。

诗歌基本上可以分为两个部分来理解。第一部分,写罗敷美貌。第二部分,写罗敷巧妙拒绝太守的不情之请。

太阳从东南方升起,尚且带着朝露的清晨就这样来到人间。秦家的房屋在朝阳的照耀下显得特别清新脱俗。这不是因为房屋造得特别华丽,而是因为秦家有一个好女儿叫作罗敷。罗敷很勤劳,在采桑养蚕这件事情上格外用心。这一天,她来到城东南的地方,这里有大片桑树,她就背着青丝做绳、桂枝做钩的笼子在这里采桑。

娇小的身躯在桑枝掩映下更显其娇俏，青春艳丽的衣服在绿色叶子的映衬下格外引人注目。

罗敷这天梳的是时下最流行的"堕马髻"，发髻歪在一边，浓密的乌发聚合成团相互挤拥，仿佛就要掉下来一样。真可谓望之如云。她戴着一对白色的耳环，犹如明月低悬在天际。浅黄色花纹绸缎做成的裙子，紫色绫子做成的小袄，一派清新格外引人注目。路过的人忍不住放下肩头的担子驻足凝望，他们假装捋着胡子休息，久久不愿离开。青春少年看见罗敷，特意将帽子摘下来，故作姿态地整理头巾，想要赢得罗敷的注意。大家都为罗敷所吸引，以至于耕田的忘记了手中的犁，锄草的忘记了手中的锄。大家因此忘记了活计，到头来发现耽误了活计，纷纷相互抱怨。

出巡的太守刚好也经过此地，看到美丽的罗敷不禁叫停车马，下车观望。他派出一名手下前去示好，并打听这是谁家的女子？太守问，"这是谁家的女子？"人们说，"这是秦家的女孩子，叫作罗敷。"太守问，"罗敷今年多大了？"人们说，"还不到二十岁，但十五岁总是有了。"太守于是上前和罗敷攀谈，"你愿意和我共乘一辆车吗？"罗敷坦然回复说，"太守大人，您怎么这样愚蠢无知呢？您自有您的妻子，我自有我的丈夫。在遥远的东方，有成千上万的骑兵部队，我的夫婿就在其中效命。要想认出我的夫君，也特别容易。只要看到大将军所骑的黑色战马，就能见到一匹格外精神的白马紧随其后。这白马是用青丝系着马尾，用黄金做成笼头。

骑马人的腰间佩带鹿卢剑，这宝剑价值千万以上。十五岁时，他在太守府中做一员小吏；二十岁时，就已经成为朝廷的大夫；三十岁时，他升迁为侍郎；如今四十岁，已经成为一城之主。我的夫君不但事业有成，且是一表人才，皮肤白皙，长髯飘飘，出入公府总是恭谨有礼。众公卿相聚之时，没有人不说我夫婿颇有英才卓尔不群的。"

　　这首乐府使用旁观者的口吻赞叹罗敷的美貌，成为一种经典的诗歌技法。在古诗《羽林郎》、《孔雀东南飞》中也有类似手法。唐朝诗人杜甫在《丽人行》中也用了类似的手法图绘美女容颜，他写道："头上何所有，翠微璅叶垂鬓唇。背后何所见？珠压腰衱稳称身。"这种借用旁人眼光来写美人的方法，既能够体现出远观的视野，也因此借助读者的想象力令美人的魅力更加彰显。此外，罗敷不畏权贵的形象也因为诗歌形象而美妙的语言得以传之后世。古往今来，罗敷的形象深入人心，历朝历代都有诗人借题发挥。唐朝诗人李白在同名诗歌中借罗敷的古诗表达自己的高远志向，诗曰："妾本秦罗敷，玉颜艳名都。绿条映素手，采桑向城隅。使君且不顾，况复论秋胡。寒螀爱碧草，鸣凤栖青梧。"

弃妇哀思
——《有所思》

有所思,乃在大海南。何用问遗君?双珠玳瑁簪,用玉绍缭之。闻君有他心,拉杂摧烧之。摧烧之,当风扬其灰。从今以往,勿复相思,相思与君绝!鸡鸣狗吠,兄嫂当知之。妃呼狶!秋风肃肃晨风飔,东方须臾高知之。

汉乐府

所谓家园之思,无非是故土、故人。现代散文家周作人在《故乡的野菜》中写道:"我的故乡不止一个,凡我住过的地方都是故乡。故乡对于我并没有什么特别的情分,只因钓于斯游于斯的关系,朝夕会面,遂成相识,正如乡村里的邻舍一样,虽然不是亲属,别后有时也要想念到他。"邻舍尚且如此,何况情人?

《有所思》是《汉代乐府鼓吹曲》中的著名情诗,以女子听闻男子三心二意为故事契机,让女子怒火中烧大为光火,并发出独立而强硬的爱情宣言。所谓爱得越深,恨得也就越深。女子的语言越是激烈,越是痛切,我们也就越能体会到她的爱意,也就越能对着家园里的故事感到同情。这同情越深,也就越能引动我们去思念自己的家园,越能促使我们去珍惜家中的爱人。

女子有她思念的人,这人在遥远的南方。远到什么程度呢?她可能也说不大清楚,只听说在大海还要往南的地方。那是什么样的地方?不知道。她想,一定是很辛苦的地方,男子为了生计去谋生,必定是日出而作、日落而息。出门不比在家日,即便是轻松的工作,也不能过得如同家里那么舒服。他会不会照料自己呢?不知道。这可真是让人担心。

女子本来决定托鸿雁传书,给爱人送一份礼物,让他有个念想,好度过孤身在外的日子。精心准备的礼物是一支双珠玳瑁簪,这是她时常戴在头上的贴身物件。这样一件东西寄过去,他一定很感动,也一定很喜欢。想当初两个人在一起,花前月下,他还亲手为自己整理过。她是如此痴情,如此用心,还嫌单单送一支簪子不够贴心,就又用玉片缠绕了一圈,让簪子更加漂亮,更加情意绵绵。她心里想,这玉片就犹如我们的情谊,缠缠绵绵不能分开。

可是今天听说,他在外面有人了。她太失望了,"我在家中日也思夜也想，就盼着你回来，你怎么能这样？"亏得自己还想着给他准备礼物，不送了！女子将那支精美的双珠玳瑁簪从包裹里抽出来，毫不犹豫地砸碎了，然后打开窗子在风中将其挥洒干净。从今以后，咱俩再无瓜葛，相思这件事儿算是和你没有关系了！

东西砸碎了，话也自言自语地说完了。这时候，女子的心却又开始纠结起来。"我只是听说而已，他真的忘记我了么？也许还没有呢？"烦恼了一夜，此时她更加烦恼了。感情毕竟不是说放下就放下的。自己晚上这么折腾来折腾去，连院子里的鸡和狗都惊动了。兄长和嫂子肯定也听见自己一夜没睡。要是这事儿是谣言，那自己的行为岂不是太过荒唐？让他们知道了，该有多害羞啊。

姑娘非常无奈地独自叹息着，在房间里徘徊着。她真是不知道该怎么办了，又着急又生气，真恨不得立即将那个男子拎出来当面对质。可是没有办法啊，只能等待。这正是初秋天气，早晨的凉风一阵阵地破窗而入，身上凉嗖嗖的。算了，还是睡吧，空想也没有用。一切都等到天亮了再说。可是即便等到了天亮，也没有办法可以核对消息的真假，她又该怎样呢？

《有所思》情真意切，被列为汉代乐府鼓吹曲"四大情歌"之一。诗歌最有意思的是那个开放式的结尾，当天亮的时候，会怎么样？那个情郎是不是真的出轨了？这都没有交待，而性格如此刚烈的女子，如若发现情郎没有出轨，那又会怎样反思自己昨夜的行为？这种留白也让读者有了无限的遐想空间。

辑一　园难舍是家　先秦两汉

所谓家园之思，其实无非思念两种内容，一位风物，二为亲朋。其中，情人之间的相思更加焦灼而又令人伤怀。女子看起来是非常果断的，性格刚烈，以至于一听见传闻就立即烧掉本拟送给情人的信物，而且手段非常坚决。但是后面写天气、写声音、写天亮时的种种小动作，其实都透露出女子内心的徘徊与挣扎。因此，诗歌仿佛是写一个女子因为痛恨负心郎而坚决抛弃他的情况，但更是"有所思"的表现，思念太深，以至于风吹草动便能让心中刮起暴风骤雨。

悲秋怀乡
——《古八变歌》

> 北风初秋至，吹我章华台。
> 浮云多暮色，似从崦嵫来。
> 枯桑鸣中林，络纬响空阶。
> 翩翩飞蓬征，怆怆游子怀。
> 故乡不可见，长望始此回。
>
> 汉乐府

这首诗是秦汉乐府诗，但其题目的意思早已失传，无从确定。学者施蛰存曾考究佛教中的"变"字，认为是"图画"的意思。如果"古八变歌"适用，那么就可能是根据八张画作创作的诗歌。但是，这并不能确定。从诗歌内容来看，这是一首写在外游子触景生情，想念家园的乐府诗。

起首两句开篇，创造了一种悲秋伤怀的气氛。时间是初秋，风向开始从东南风变为东北风，气温也开始逐渐转凉。"章华台"是春秋时代楚国楚灵王主持修建的离宫。这座"举国营之，数年乃成"的宏大建筑被誉为当时的"天下第一台"。史载章华台"台高10丈，基广15丈"，曲栏拾级而上，中途得休息三次才能到达顶点，故又称"三休台"。因为楚灵王特别喜欢细腰女子在宫内轻歌曼舞，不少宫女为求媚于国王，就故意少食忍饥以求细腰，所以章华台也叫作"细腰宫"。从诗歌中，我们不能看出诗人是否就是楚国地方的人，但是看他因为北风吹而怀念故乡，我们有理由相信，这"章华台"并不一定是具体指楚国一带，而是泛指南方。诗人的家乡在南方，而自己却游荡在北方，如今北风吹来，吹着自己，也吹着故乡的建筑，所以才激发起他的怀乡之思。

接下来的四句，写诗人此时极目所见的景色。"浮云多暮色，似从崦嵫来。"崦嵫是山名，即今天甘肃天水齐寿山，在古代常被用来指代日落的地方。《山海经·西山经》："鸟鼠同穴山西南三百六十里曰崦嵫之山。"晋代学者郭璞注："日没所入之山也。"古代文人也常常用此写诗，如南朝江淹《秋夕纳凉奉和刑狱舅诗》云"虚堂起青霭，崦嵫生暮霞"。此时已经是暮色四合，诗人看到云彩逐渐堆积在西方，因为天色向晚显得犹如垂挂下来一样。面对此情此景,他恍然觉得,这些浮云是从日落之山飘过来的。那令人感到悲戚的暮色,仿佛就由这垂天之云裹挟着,从西北远方滚滚而来,令诗人感到无限的凄凉之意。

"枯桑鸣中林,络纬响空阶。"这两句诗的意思,和"蝉噪林逾静,鸟鸣山更幽"非常相似。在北风的影响之下,树林中的枯桑发出呜呜的鸣声,而在台阶的角落里则响起络纬的鸣叫。两汉乐府有"枯桑知天风"的句子,用以指代诗人感受到气候的变化,由此生发怀乡之思。在这里,枯桑呜呜而鸣,更显环境清寂,诗人独处于此,感受到无限的悲凉。那台阶明明是空寂的,但却不知道从哪里传来昆虫的鸣叫声,这幽幽的虫鸣反而让台阶更显空旷。一个"鸣"字一个"响"字,反而让诗意更加清寂。

"翩翩飞蓬征,怆怆游子怀。故乡不可见,长望始此回。"结尾四句是诗人直接抒情,倾诉心中的愁苦和对故乡家园的想念。和章华台那繁华美丽的场面相比,这枯桑、空阶的地方是多么令人惆怅:诗人正如浮云、飞蓬一样四处流浪,没有安稳的落脚之地。面对此情此景,诗人心中的情绪彻底被激发出来,但是南望故乡却又遥遥不可见。"长望始此回"意思是,这是第一次长望故乡,以后恐怕要常常望乡了。行为止于望,而不是"回乡",说明诗人有家不能回,注定只能做"游子",这就更加令人感到伤心。

有学者认为,这首诗歌体现出和普通乐府诗歌不同的文人情调,用词更加讲究,感情也比较细腻。这或许能从一个侧面印证,此诗是文人在看了某幅图画之后所作，触景生情，感触颇深。而从结构上看，这篇歌行的布局也非常巧妙。"北风"至，而说初秋景色；从浮云引申出暮色，又以"崦嵫"典故入诗增添惆怅，这是极目远望；从枯桑、络纬的声音，道出身边的凄凉，这是写近景。前六句远近结合，有总有分，而结尾四句突然从外部写景转入内心抒情，将客观描述与主观表达相互结合，共同凝聚成一个令人感喟的事实："长望始此回"。

秋风萧瑟
——《古歌》

秋风萧萧愁杀人,出亦愁,入亦愁。

座中何人,谁不怀忧。令我白头。

胡地多飙风,树木何修修。

离家日趋远,衣带日趋缓。

心思不能言,肠中车轮转。

汉乐府

  这首诗歌写汉代军人征伐北方蛮族,远离家乡,来到万里之外的胡人地方,看到秋风萧瑟,不由想念家园的情境。

  诗歌一开篇就直接切入主题,仿佛一阵秋风迎面吹来,将读者带入诗人所感受到的那种秋风萧瑟天气凉场景之中。这就好比是一部电影，刚一开场便是占满画面的一个近景镜头，一阵狂风吹过来，画面上秋草衰颓、树木干枯，千里旷野一片灰沉沉，肯定会让人心中感到一阵悲凉。"出亦愁，入亦愁"。我们好像看到，诗人在这样的天气里有些焦躁不安。他一会儿走出营帐，一会儿又进来，但总是坐立不安，不知道如何是好。这样的情绪还不止于他一个人。再看看在座的其他人，几乎没有一个不是忧心忡忡的。这就让忧愁的图景更加扩大和深入，简直是天地人无一不忧，无一不愁。这愁到底有多浓呢？简直"令我白头"。

那么，这些人到底在愁什么呢？是愁将要发生的战争吗？不。"胡地多飙风，树木何修修"。诗人身处胡地，这里的风和故乡相比很不一样，不是温柔和煦的春风，也不是微凉乍寒的秋风，而是一种迅疾、冷冽的大风。这风的势头太猛烈了，连这里的树木都给吹得好像鸟尾巴一样翘棱棱的。北方的风物和中原是如此不同，战士们看到这样的风土，都忍不住怀念家乡了。为了征伐北方的蛮族，大家外出已经很久了，三个月，半年，还是一年了？反正离家越来越远，大家也越来越消瘦。由于思乡病太重，许多人的饭量也都减小了，偶然间会发现自己的衣服变得越来越宽大，身形却越来越瘦小。

"心思不能言，肠中车轮转。"虽然思念家乡，但是诗人又知道，这次出征是为了给国家效力，是为了保卫边疆，所以也不能随便抱怨。口虽不能言，但心中却是无尽的思乡之意。"肠中车轮转"是汉代乐府常见的句式，用于表达焦虑之情。

　　从结构上看，这首诗一以贯之，以一个"愁"字牵头，前面写景，后面抒情，有叙事，有抒情，有描写，各种表现手法相互结合相互映衬，形成了立体化的空间效果。在艺术效果上，"秋风"、"白头"、"飙风"让人感受到胡地之行带来的不同寻常的现象，"衣带渐宽"、"谁不怀忧"则是从内在心理的角度来倾诉，字里行间无不以一个"愁"字为纲，其他的都是纹理脉络。此外，诗歌写景、叙事、抒情互有错落，而不是一以贯之地采用一种方式，就让诗歌具有了一种参差错落的美感，在形式上形成了一波三折的效果，更好地传递了将士的思乡之愁。

春风摇曳
——《董娇娆》

洛阳城东路，桃李生路旁。花花自相对，叶叶自相当。

春风东北起，花叶正低昂。不知谁家子，提笼行采桑。

纤手折其枝，花落何飘飏。"请谢彼姝子，何为见损伤？"

"高秋八九月，白露变为霜。终年会飘堕，安得久馨香？"

"秋时自零落，春月复芬芳。何时盛年去，欢爱永相忘。"

吾欲竟此曲，此曲愁人肠。归来酌美酒，挟瑟上高堂。

(汉) 宋子侯

《董娇娆》是较早的文人五言诗，与辛延年的《羽林郎》同为汉代文人向乐府民歌学习的最优秀五言诗。整首诗歌用鲜花比喻人物，以鲜花开放而又难免凋落比喻美人如今虽然美好但是注定容颜会老去，感慨青春一去不返。全篇语言清新活泼，朗朗上口，特别富有生活气息，让人读了有春风拂面之感。

诗歌前六句为起兴，写诗人在洛阳城东所见的桃李花开美景。诗人一个人漫步行走在洛阳城东的大道上，意气风发，感到春光无限好。道路两旁，桃李竞相花开，争奇斗艳，相当美丽。红艳的花朵和绿色叶子相互掩映，交相错落，随着一阵春风吹过，时而低垂时而高昂。诗人用这样芳菲桃李的描述，来形容青春年华。这种方法源自诗经，如《桃夭》云"桃之夭夭，灼灼其华"形容女子的美貌青春。

接下来十句写一个女子采摘鲜花，而其中又夹杂着花与人的对话。不知道是谁家的女子，提着竹笼出来采摘桑叶。她那纤纤细手随便地折断青绿的树枝，连带着将一些鲜花从树上扑落，但是却毫无爱惜之意。花儿忍不住问她，请问这位姑娘，你为什么要把我扑落呢？女子回答说，等到八九月秋深之时，白露为霜，你们也难免要凋谢的，怎么可能永远保持馨香呢？

"秋时自零落，春月复芬芳。何时盛年去，欢爱永相忘。"这四句是花儿对女子的反唇相讥。既然你说我们花儿没有百日红，终将凋谢。那么你有没有想过，我们虽然在今年秋天会凋零谢落，但是等到明年春天就会重新长叶开花，而你呢？一旦青春年华逝去，就再也不可能回来了。所谓盛年难再有，欢爱必定不能重复第二次。

"吾欲竟此曲，此曲愁人肠。归来酌美酒，挟瑟上高堂。"结尾四句是诗人直接跳出来表情达意。他本来想要写完这一首诗歌，但是写到这里实在觉得心情惆怅，不愿意再写下去。韶华易逝，与其伤悲，不如及时行乐。他一回到家中，便斟上美酒，带着琴瑟来到高堂之上纵情高歌，希望可以以一时的乐趣忘记那年华不再的哀伤。

从诗歌艺术来说，这首诗充满了抒情诗歌的形象性和感染穿透力。清人沈德潜称赞说，"婀娜多姿，无穷摇曳"。的确，这首诗歌充分利用了赋比兴各种表现手法，有叙事诗的情节，有抒情诗的感情，融写人写景写情于一体，而拟对话体的运用更是别开生面，让诗歌显得多姿多彩、活泼生动。

此外，用桃李来比喻青春年华，属于"比兴"手法，即先言物事，再记述人的情感和故事。这在中国传统诗歌中，也是一个常见的用法。曹植《杂诗》云："南国有佳人，容华若桃李。朝游江北岸，夕宿潇湘沚。时俗薄朱颜，谁为发皓齿？俯仰岁将暮，荣耀难久恃。"就是几乎和《董娇娆》结构一样的一首诗歌。南北朝江淹《咏美人春游诗》云："不知谁家子，看花桃李津"，其实是暗指在看美人游春。其他诸如此类，不胜枚举，以至于一说到"桃李无颜色"人们就会常常想到是年华逝去的意思。

家有难事
——《妇病行》

妇病连年累岁，传呼丈人前一言。当言未及得言，不知泪下一何翩翩。"属累君两三孤子，莫我儿饥且寒，有过慎莫笪笞，行当折摇，思复念之！"

乱曰：抱时无衣，襦复无里。闭门塞牖，舍孤儿到市。道逢亲交，泣坐不能起。从乞求与孤儿买饵，对交啼泣泪不可止："我欲不伤悲不能已。"探怀中钱持授交。入门见孤儿啼索其母抱。徘徊空舍中，"行复尔耳，弃置勿复道！"

汉乐府

《妇病行》是汉代乐府诗中的《相和歌辞·瑟调曲》。《宋书·

乐志》说，"相和，汉旧曲也，丝竹更相和，执节者歌。"南朝陈代释智匠所著《古今乐录》说，与这种音乐相关的乐器，包括笙、笛、节歌、琴、瑟、琵琶、筝七种。

这首汉代乐府用写实主义的方法，讲述一个久病不愈的妇女，在临死之前和丈夫交代后事，希望他能够照顾好孩子的情景。诗歌语言朴实，感情真挚，记述了百姓的贫困生活和日常起居，唱出一首令人潸然泪下的田园哀歌。

前面十句是写妇人托孤于丈夫。"妇病连年累岁"，她生病已经不止一年了，如今看来病体越来越沉重，卧床也好几年了。妇人之所以连年生病，不是因为每年增添一种新病，而是因为家境贫寒，没有钱请医问药，所以才导致病情越来越严重，以至于卧床不起。眼看命在朝夕，赶紧把丈夫叫到跟前，细细嘱咐一番。丈夫平日里粗心大意，她最担心的就是孩子们得不到照顾。可是看着丈夫来到床前，看到他那破旧的衣服，看到他因为生计而被折磨的蓬头垢面的容貌，看到他日益消瘦的体型，妇人心中一阵酸楚，还没有来得及说话，就已经涕泗滂沱，泣不能止了。此时无言胜有声，不尽的悲伤都在这滚滚热泪中包含着。她勉强撑起身子，对丈夫说，"我走了，这几个孩子就交给你一个人了。你得格外用心一点，要当爹，也要当娘，让他们吃饱穿暖。孩子调皮，要是犯了过错，你也不要打骂他们。我看他们都是活不久的命，你就好好地看待他们吧。"不难想象，一个母亲说出这些话的时候，是多么心酸，多么心痛。自己的孩子自己不能照料,而且估摸着家里的情况,已经预知他们将要夭折的命运,此时此刻,除了嘱咐丈夫尽量看管,她也无能为力了。

"乱"是乐府歌曲的最后一段。这一部分是写妇人去世之后,丈夫一个人带着孩子过日子的情景。前后两部分互相映照,写出妇人生前身后事。家里实在是太穷了,他抱着孩子想要出去走走,但是孩子只穿着一件单衣,连外套也没有,就连这单衣也只是一层布而已,家里没有钱给做里子了。天气严寒,这样的天气是没有办法把孩子抱出去的。可是自己如果不出门,吃饭问题怎么解决呢?没有办法,只好咬咬牙,把孩子们都放在床上,门窗关好,一个人出门来到市场上。路上遇到亲友,男子说起家中的遭遇,贫寒无粮食,中年丧妻子,幼子难抚养,生计无着落,说着说着他忍不住坐在地上哭了起来,连站起来的力气也没有了。亲友劝他节哀,但是他觉得自己实在是上天无路入地无门,"我也不想太难过,可是实在控制不住自己啊。"最终,他想起家中的孩子,倍加思念,于是从怀中掏出仅有的几个钱交给那位亲友,"请你帮我去买点吃的带过来,我得赶紧回家看看孩子。"一个贫病交加但是又格外关心爱子的父亲形象,就此树立起来。虽然他形神萎顿,衣衫不整,但是对孩子的拳拳爱护之意却不容置疑。回到家中,打开木门,看见孩子们哭哭啼啼,抱着他的腿要妈妈,他又六神无主了。听着孩子们的哭啼,看着窗外的秋风萧瑟,他在空无一物家徒四壁的房间里,徘徊着，思索着。良久之后，他觉得，反正命也就这样了，不久大家都是要死的，那么不如听天由命吧，也不要胡思乱想，该怎么过就怎么过吧。这结尾两句看上去有些突兀，但却是丈夫此时心境的点睛之笔，实在是求生无门了，他只好听天由命。

汉代末年，军阀纷纷割据，人民苦不聊生，大量百姓被迫抛弃妻子，失去温暖的家园。《妇病行》以一个小家庭的一起事件为切入点，具体而细微地描绘了当时百姓生活贫困的事实，道出他们实在无以为生的穷途末路。曹操诗曰："白骨露於野，千里无鸡鸣。生民百遗一，念之断人肠。"就是对当时社会情况的生动概括。不过，曹操是从全局来看，而《妇病行》是从小处着眼，两首诗歌对照阅读，更能理解汉代百姓田园丧落的苦情与悲伤。

意气风发
——《相逢行》

相逢狭路间,道隘不容车。

不知何年少?夹毂问君家。

君家诚易知,易知复难忘;

黄金为君门,白玉为君堂。

堂上置樽酒,作使邯郸倡。

中庭生桂树,华灯何煌煌。

兄弟两三人,中子为侍郎;

五日一来归,道上自生光;

黄金络马头,观者盈道傍。

入门时左顾,但见双鸳鸯;

鸳鸯七十二，罗列自成行。

音声何噰噰，鹤鸣东西厢。

大妇织绮罗，中妇织流黄；

小妇无所为，挟瑟上高堂：

"丈人且安坐，调丝方未央。"

汉乐府

《相逢行》属于汉代乐府中的"清调曲"。诗歌采用铺叙手法，极尽笔墨地描绘了一户官宦人家的富贵奢华。和乐府诗中大量表现民众哀思的诗歌不同，这首诗歌充满了对富贵生活铺张奢侈的描画，令人看到"家园"的另一面。也有人认为，这是一个离乱之后的富贵人家后人，遭遇了家园败落之恨，写诗追念以前的美好生活。

诗歌可以简单地分为两个层次，前面四句为第一层，其余二十六句为第二层。第一层写狭路相逢，见到别家气派的出行阵容，于是向路人打听情况；第二层写路人的介绍。第一次层是问，第二层是答。《相逢行》因此就犹如一个乐章一样，开头四句起意，后面则极尽铺陈将胸臆尽情抒发。

"相逢狭路间，道隘不容车。不知何年少？夹毂问君家。"诗人在一条窄道中遇上一辆豪华的马车，那车辆是如此豪华，以至于道路都显得太过逼仄，几乎要容不下车辆了。在古代，车辆的规制大小与乘车人的地位是相互对应的，低级别的人不能乘坐高规格的车辆。因此之故，诗人就非常好奇，能够乘坐这么豪华马车的，会是什么人呢？看那乘车的人，似乎也非常年少，这就让人更加好奇，于是诗人忍不住向路人打听，这是一户什么人家？

接下来就是路人回答诗人的问题。

"君家诚易知，易知复难忘；黄金为君门，白玉为君堂。堂上置樽酒，作使邯郸倡。中庭生桂树，华灯何煌煌。"这八句是给出一个笼统的大致印象，从高梁华屋说起。回答问题的，很可能是随行的仆人。这仆人说，我家主人盛名在外，说了你一定知道，而且你一旦听说了，就绝对再也忘不了。这几句开篇语中，充满了自豪之情，即便不是自己家的产业，但是仆人身处其中也觉得无比骄傲。我家主人住的非常气派，走的是黄金门，坐的是白玉堂。堂上常常摆着大量美酒，让人随意品尝。俗话说，"樽中酒不空，座上客常满"，家里常常有大量客人来拜访，于是主人就专门从邯郸请来最好的歌姬为大家献唱。庭院里有一株桂树，上面挂着华彩灯笼，到了晚上，别处都是黑黢黢伸手不见五指，唯有主人家明亮堂堂，令远近称为奇观。

从建筑上，仆人介绍了主人一家的气派生活，但是这显然不能满足诗人的好奇心，更不能满足仆人的炫耀心理。他接着道出，在这样一处豪宅之中，到底住着什么样的人，他们又过着什么样的生活。"兄弟两三人，中子为侍郎；五日一来归，道上自生光；黄金络马头，观者盈道傍。"家中兄弟三个，都是高官，排行中间的那一个做到了侍郎的高位。汉代的官员休假制度是每五天休息一次，即"每五日洗沐归谒亲"。所以，他们每五天就从朝中回来一次，这个时候所到之处简直就是蓬荜生辉。你看我们这辆马车，所有的马笼头都是黄金打造，所到之处，总是能够吸引许多人围观。

在外面的场面是如此，那么回到家中又如何呢？仆人的叙述开始从外入内，介绍这家豪族的日常生活。"入门时左顾，但见双鸳鸯；鸳鸯七十二，罗列自成行。音声何噰噰，鹤鸣东西厢。大妇织绮罗，中妇织流黄；小妇无所为，挟瑟上高堂：'丈人且安坐，调丝方未央'。"前六句写鸳鸯，后六句写妇人，其实相互对应，强调夫妇"琴瑟和谐"，家中生活非常美满。从黄金门进来，就会看到院子里有七十二只鸳鸯，罗列成行；在西厢房那边，还养着几只仙鹤。在院落里，不时能够听见它们和谐的悦耳鸣叫。比兴结束，就开始讲述妇女、老人的生活。老大和老二的妻子都勤于工作，大媳妇在屋子里纺织绮罗，二媳妇在屋子里织绢。小儿子成婚不久，那媳妇还没有特定的工作，但是却非常孝顺。她常常带着乐器去翁婆那里，请他们坐下来，自己则为他们演奏各种美妙的音乐。

诗歌到此戛然而止，似乎是道路疏通，那辆豪华的马车终于离开了，所以仆人也就匆匆离去，没有继续讲述。我们可以想象，看着那一骑绝尘的马车，打听情况的诗人心中该是如何羡慕。这样的家园是无论何人也要羡慕的，而在汉末人民颠沛流离的时代，这样的家居生活简直就如同后世的"桃花源"一样令人垂涎不已。

日落而息
——《诗经·君子于役》

君子于役,不知其期,曷至哉?鸡栖于埘,日之夕矣,羊牛下来。君子于役,如之何勿思!

君子于役,不日不月,曷其有佸?鸡栖于桀,日之夕矣,羊牛下括。君子于役,苟无饥渴!

《君子于役》是《诗经·王风》中的一篇作品,写一个妻子对在外服劳役的丈夫的思念之情,充满了家园情怀。所谓"王风"是指东周王朝直接统治区的诗歌,其范围大致包括今河南的洛阳、偃师、巩县、温县、沁阳、济源、孟津一带。近代学人傅斯年说,《王风》主要是周平王东迁以后的作品,"疆土日蹙,民生日困,所以全是些离乱的话"。"鸡栖于埘，日之夕矣，羊牛下来"是这首诗中的名句，常常被引用来表示温暖的回家场面。

从结构上说，诗歌分为两个层次，前面八句为一章，后面八句为一章。每一章表示一次感情的倾诉，两章意思其实非常接近，但这样的形式能够产生叠沓效果，一咏三叹让思念的感情更加充沛。

"君子于役"就是说，丈夫在服劳役。至于具体服役的内容，从诗歌里看不出来，但是从周朝的政治军事情况来看，无外乎劳役和军事征调。"君子"一词，在当年主要指代贵族，这里的君子可能是妻子对丈夫的尊称；也可能是实指，但那丈夫还要养鸡，还要养牛羊，一定也是一个品级不高的下等贵族。

前三句，是妻子提出一个问题："君子在远方服役，也不知道什么时候结束。你什么时候才能够回家呢？"这是一个很现实的问题。丈夫因为国家的征调，被迫离开家乡田园和妻子儿女前去未知的地方服役，一方面是亲人分别，一方面是前途未卜。丈夫在外，要忍受劳役的苦楚；妻子在家，则要独自承担养家的重任，而两个方面都要忍受与亲人分离的相思之苦。接下来的三句，看上去仿佛是闲笔。"鸡栖于埘，日之夕矣，羊牛下来。"然而这却是这首诗歌最为人称道的句子。妻子本来站在家门口守望远方，期盼丈夫突然出现在地平线上，但是她的目光一转，看见鸡、牛、羊纷纷归巢了，才意识到已经是黄昏时分，大家都从外面回家了。动物归巢，在外面劳作的邻里自然也都回来了。别人家的丈夫都能回到家中和亲人团聚，但自己却无法家庭团圆，心情自然别有滋味。也可能大家都面临着徭役造成的亲人分离之苦，如今看到动物都能按期还巢，难免有一种人不如物的愁苦。所以，她才会慨叹，"君子在外面服劳役，怎么让人不思念呢！"想当初，丈夫出发的时候，一定跟她说过，"在家里好好过日子，不要想我"这样的话，但是触景生情，她仍然压抑不住内心的思念。

前三句也是一个问题：君子出行服役，不知道什么时候开始什么时候结束，什么时候才能家庭团聚呢？第一章提出问题的时候，妻子可能还没有特别在意时间，但是思念之情被触动了一下之后，就开始格外有心地计算了一下日月，结果发现根本没有具体的日子，没有办法计算出来丈夫还家的日期。这个时候，鸡已经钻进窝里，牛羊也都纷纷进入牛栏和羊圈。天色又晚了一些，夕阳的余晖洒落在屋舍上，映照出一片金色的光辉，令人感到一种温暖的气息。这是一幅美丽的田园风光。但是在这风光之中的人物，却有些伤感。暮色四合，本是炊烟四起，家家户户团聚吃晚饭的时候，但是自己的丈夫却不在家，也不知道能不能按时吃饭。念及于此，妻子忍不住轻声祝愿，"求天保佑，让我丈夫在外面能够吃饱穿暖，不受饥寒之苦。"

这首诗歌看起来非常简单，但是正因为其简洁朴素，反而给千年以来的文人们留下了至深的印象。尤其是，传统中国是一个农耕国家，而所谓的赋役制度几乎一直与百姓密切相关，所以两千多年来身边也总是不断出现因为赋役而夫妻分别、父子分别、母子分别的现象,人们对此有至深的感受。一代代的类似遭遇,一代代的妻子愿望,一代代的家园之思,终于让这首诗成为经典之作,被许多人吟诵着,倾诉着家园之思念。

　　归根结底,"君子于役"与"赋役"有关。春秋战国时代,也就是东周时期,中国土地制度出现重大变革,开始由土地公有制向土地私有制转变。在这一过程,国家的税赋制度随之而变,加上不同诸侯国家的政治情况各有差别,人民的赋税和徭役压力都逐渐增大。《诗经·齐风·莆田》诗云:"无田莆田,维莠骄骄。无思远人,劳心忉忉。无田莆田,维莠桀桀。无思远人,劳心怛怛。"大意是说,莆田这个地方的人,因为壮劳力基本上都被征调去服徭役了,以至于田地里已经没有什么人耕作,大量良田荒芜,地里面长满了茂盛的野草。《君子于役》里的故事,大致就是在这样的背景下发生。

劳苦夏日
——《诗经·七月》

七月流火,九月授衣。一之日觱发,二之日栗烈。无衣无褐,何以卒岁?三之日于耜,四之日举趾。同我妇子,馌彼南亩。田畯至喜。

七月流火,九月授衣。春日载阳,有鸣仓庚。女执懿筐,遵彼微行,爰求柔桑。春日迟迟,采蘩祁祁。女心伤悲,殆及公子同归。

七月流火,八月萑苇。蚕月条桑,取彼斧斨。以伐远扬,猗彼女桑。七月鸣鵙,八月载绩。载玄载黄,我朱孔阳,为公子裳。

四月秀葽,五月鸣蜩。八月其获,十月陨萚。一之日于貉,取彼狐狸,为公子裘。二之日其同,载缵武功。言私其豵,献豜于公。

五月斯螽动股,六月莎鸡振羽。七月在野,八月在宇,九月在户,十月蟋蟀,入我床下。穹窒熏鼠,塞向墐户。嗟我妇子,曰为改岁,入此室处。

六月食郁及薁,七月亨葵及菽。八月剥枣,十月获稻。为此春酒,以介眉寿。七月食瓜,八月断壶,九月叔苴,采荼薪樗。食我农夫。

九月筑场圃,十月纳禾稼。黍稷重穋,禾麻菽麦。嗟我农夫,我稼既同,上入执宫功。昼尔于茅,宵尔索绹,亟其乘屋,其始播百谷。

二之日凿冰冲冲,三之日纳于凌阴。四之日其蚤,献羔祭韭。九月肃霜,十月涤场。朋酒斯飨,曰杀羔羊,跻彼公堂。称彼兕觥:万寿无疆!

《七月》是如今最广为人知的《诗经》作品之一,也是《诗经·豳风》中最长的一首诗歌。诗歌描绘出一幅古代民众耕田劳作的生动场景,详细记述了当时人们为衣服饮食而尽力劳动的情况。根据时序的变化,或是耕稼,或是蚕桑,或是纺织,或是田猎,当农闲季节到来的时候则聚餐饮酒。

"豳风"就是"豳"这个地方的民歌的意思。豳在今天陕西旬邑县一带,是周朝的发祥地。公刘是周人部落首领,其祖皆为夏朝贵族,从事后稷(农耕总管)职务,世代为夏朝廷负责五谷棉麻,秋收冬藏之类农事。公刘建立豳国后,经九世传位,到古公亶父,前后三百余年,为周室的兴起积聚了实力。亶父时周人迁往周原,最后成就王业。豳国是周族由一个小部族变成问鼎中原强邦的关键时期,古人因此说豳为"周家立国之本"。诗歌中的时间标志错杂使用了夏商周的纪年方式,和如今不太一样。首句中的七月,为夏历纪年的农历七月,大致相当于如今的公历八月份。后面的月份以此类推,九月就是十月份,已经不得不换装了。诗歌作者仿佛是一个采风的记者,记录下春秋时代人们一年的耕作程序,又分寒暑两季对照描绘了人们劳作的不同。

七月过去,酷暑季节就慢慢结束了,天气也开始逐渐转凉。"流火"是指火星自南方高处向偏西方向下行。到了九月,霜降就开始了。家家户户开始着手准备冬天穿的衣服。十月开始吹起寒风,十一月的天气就非常严寒了。没有过冬穿的衣服,怎么熬得过这寒冷的年底呢?因此,一般人家从八月份就开始动手,抽丝纺织,准备冬衣。

一年之计在于春。好不容易熬过最严寒的日子,也就又到了下一年的耕作期了。正月里每家每户都要提前收拾好农具,到下个月就一起下田。男子在田地中挥汗如雨,为了一家人的生计而努力,妻子和孩子到了中午就带着饭食汤茶来到田间地头。大家相见,言笑晏晏，特别开心。大家都盼着今年风调雨顺，能够有个好收成。

说起制作冬衣，其实都要辛苦家里的女人们，她们可算是一年到头在操心这件事情。当春气上升天气略微转暖的时候，春鸟开始活跃起来，女子们也开始拎着深深的竹筐和背篓，到处去采摘柔嫩新鲜的桑叶，带回家里养蚕。劳作如此辛苦，养蚕的人又这么多，大家都竞相采摘，而女子们就未免感到日子过得太慢。东汉张衡在《西京赋》中说，"夫人在阳时则舒，在阴时则惨"，人在春天就会觉得四肢舒坦，而白天也慢慢地变长，彷佛太阳走得特别慢。女子感受到季节的变化，难免有所感触，往往生发出嫁的心思。

当八月天气逐渐转凉的时候，芦苇也就长成了，人们竞相收割存储，以备养蚕使用。养蚕的事情告一段落，大家就开始纺织布料。等到布料纺好，又要逐一染色。有的染成黑色，有的染成黄色。我的这一匹红色布料是给公子做衣服用的，因此染得特别用心，看上去鲜艳之极。

四月的禾苗到了八月就要收割，五月时候小虫尚且唧唧鸣叫，到了十月则无边落木萧萧下，天气越来越寒冷。等到了大寒的十二月，人们不得不穿上皮衣才能御寒。因此，不论是君臣还是百姓都要出去打猎。百姓打到了大野物，就交给王侯之家做衣服用，打到了小野物就留下来自己用。女人们在家里缝制衣服，男人们在外面打猎，互相配合，一起度过寒冬。

星移斗转，天气逐渐变得冷起来。小虫子们在五六月间到处翻飞鸣叫,到了后来就安静下来。蟋蟀六月住在墙壁里,七月跑到野地里,八月在走廊厅堂里,九月在房间里,十月就跑到床下了。这样就到了一年最寒冷的时候,却也是寒气即将到头,春阳将要到来的时节,人们都不再出门耕作,纷纷回到家中避寒求暖,享受天伦之乐。

说起吃食来,人们也是虽岁各有差,按照季节不同获取不同的饮食。六月吃郁李和野葡萄,七月煮滑菜和豆子,八月打枣。十月收获稻谷,并酿成春酒。人们相信,喝了这些美酒就可以延年益寿。七月的瓜,八月的瓠,九月的麻,农夫们都按季节收获,储存起来,在平时和冬天烹煮享用。农夫们无不勤劳耕作,九月整理场圃,十月把各种粮食收纳归仓。看到颗粒归仓的农夫们,终于可以喘一口气,可还是闲不下来,大家要收拾好养蚕用的东西,为春天的农事做准备。略微闲暇的时候,还要修理房屋。

冬天要来的时候,人们忙着储备粮食,收拾衣服和房屋,那夏天要来的时候怎么办呢?十二月的时候就要大量凿冰,制造冰室存储起来。等到仲春季节,天子就要行祭祀之节,献祭羔羊,开仓取冰。等到暑热过去,九月霜降,十月农事忙完的时候,大家没有饥寒之忧,人们便大摆酒宴聚餐欢庆。《礼记·月令》说,"天子诸侯与群臣饮酒于大学,以正齿位,谓之大饮"。可以想象,升斗小民也会在自家设下酒席,邀请亲朋好友小酌一番。当此时,窗外白雪纷飞,屋内暖气暄腾,妻子在厨房忙碌,小孩子在酒席间窜来窜去，真可谓喜气洋洋过大年。

《诗经》"赋比兴"的艺术手法为大家所熟知，这首诗则将"赋"的功能发挥到极致。除了对农事的季节性描绘之外，《七月》还巧妙地实现了"诗言志"的功能，将农夫的辛苦和公子王孙的安逸呈现在对比性的刻画中，如大小野兽的分配等。"春日迟迟，采蘩祁祁。女心伤悲，殆及公子同归。"这两句诗歌既描画当时女子的劳动常态，同时也细微地刻画出人们的心理状况，颇有社会学的观察视野。不过，这首诗给普通读者留下最深刻印象的，恐怕是描绘时序变迁的句子。"七月在野，八月在宇，九月在户，十月蟋蟀，入我床下。"这已经成为文学中的经典名句，借用蟋蟀生活场景的变迁形象地叙述了气温的逐渐降低，表现出时间与空间融合的高超技巧，也给古今读者留下了特别的记忆。

城市风光
——《名都篇》

名都多妖女，京洛出少年。宝剑直千金，被服丽且鲜。
斗鸡东郊道，走马长楸间。驰骋未能半，双兔过我前。
揽弓捷鸣镝，长驱上南山。左挽因右发，一纵两禽连。
余巧未及展，仰手接飞鸢。观者咸称善，众工归我妍。
归来宴平乐，美酒斗十千。脍鲤臇胎鰕，寒鳖炙熊蹯。
鸣俦啸匹侣，列坐竟长筵。连翩击鞠壤，巧捷惟万端。
白日西南驰，光景不可攀。云散还城邑，清晨复来还。

（汉）曹植

当今有城乡之分，古代也有城乡之分，只不过二者的程度可能有所不同。除了歌咏乡野风味的田园诗之外,历朝历代都有歌咏城市生活的诗歌,这也是不同人群家园之思存在的差别性体现。曹植这首《名都篇》就是汉末较为经典的城市之思。

两汉魏晋年间,出现很多歌咏城市的名篇佳作,如左思《三都赋》、张衡《二京赋》等。这些作品延续了汉代大赋的特点,极尽铺陈排比之能事,用艰深、广博的典故和词汇来形容一座城市的豪华与富丽,面面俱到地道尽城市的奢华与富足,其实是在书写一个国家的概况。《名都篇》的特色在于,围绕一个主角来写他的个人生活,让城市史成为"人"的历史,让城市生活充满了人的色彩,因此,城市在他的笔下不再是政治经济的炫耀而是充满着生活气息的家园。

"名都多妖女,京洛出少年。"开篇两句将"名都"与"京洛"对照、"妖女"与"少年"对照,其实等于是说,京洛乃是名都,此地人才丰盛,聚集了天地间好女子和好少年。不过,诗人的笔意显然是侧重于"少年",接下来他就分别铺写一位风流潇洒的少年游玩、田猎和宴饮的欢快,逐一列举,赋比铺陈,道出名都的欢乐之处。"宝剑直千金,被服丽且鲜。"在记叙少年快马轻裘的生活之前,诗人先给出了少年的一个粗略印象,佩带着价值千金的宝剑,穿着华丽贵重的衣服。"宝剑直千金"的说法源于《汉书》对陆贾的记载,陆贾当年常常乘坐华丽马车到处游玩,"从歌鼓琴瑟侍者十人,宝剑直百金"。曹植此处言值千金,是更加凸显少年的富贵。

　　接下来的十二句写少年田猎之欢。"斗鸡东郊道,走马长楸间。"他平日里不是在城东郊野玩斗鸡,就是在野外树林里去跑马玩乐。"驰骋未能半,双兔过我前。"当他信马由缰奔跑得正欢愉的时候,看见有一对兔子从路上跑过。这一下子引起少年田猎的兴趣,只见他"揽弓捷鸣镝,长驱上南山"。身下的骏马奋蹄而驰,少年纵马长驱,紧紧跟随着那两只兔子来到了南山。此时,那两只兔子已经奔跑得上气不接下气,少年瞅准机会,张弓射箭,"左挽因右发,一纵两禽连",左右连发将猎物拿下。对少年来说,两只兔子未免有些弱小,根本不能满足他田猎的兴致,也不足以让他施展射术。"余巧未及展,仰手接飞鸢。"恰好看到有一只老鹰从天空飞过,虽然离地很高,飞得也很快,但是少年轻松地搭弓射箭,仰俯之间就将老鹰射落。"观者咸称善,众工归我妍。"转眼之间,两箭射下双兔,一箭射下飞鹰,令在场者无不叫好喝彩,大家交口称赞少年的射术高超。少年的得意和骄傲,在这快速行进的字里行间就此呈现出来,虽然只是类似于电影中快速跳进的镜头一样,但是已经展现出少年的风华无两。

　　接下来八句写少年打猎归来,尽享欢宴。"归来宴平乐,美酒斗十千。"一个"归"字将少年意气风发的生活拉回到城市中,城外纵马奔驰,城内则是"美酒平乐"。"斗十千",即一斗美酒就值一万钱,极言酒之美且贵。少年吃的又是什么呢?"脍鲤臇胎鰕,寒鳖炙熊蹯。"这两句十个字，每个字代表一种食物，对仗工整，音调和谐，不但让人感受到宴席之丰盛，而且让人有色香味俱全的感觉。十种食物可能是一下子全部上桌，但写成诗句就给人一种次第轮番端上来的感觉，造成目不暇接的效果。"鸣俦啸匹侣，列坐竟长筵"。良辰、美景、贤主、嘉宾是一场完美宴会必备的四个因素，少年的欢宴自然样样不少。各位贤良的宾客列坐两侧，大家围绕着长长的宴席，或者欢歌，或者言笑，无尽的开心与乐趣都尽在其中。待到美酒饮足，美食尽兴，大家便开始踢起蹴鞠来继续玩乐，"连翩击鞠壤，巧捷惟万端"，竞相比赛踢球的技艺。

"白日西南驰，光景不可攀。云散还城邑，清晨复来还。"这四句收束全篇，但又留下一个循环式的开放结尾。收束，是指前两句道出时光飞逝，一日将要结束，从早到晚的游乐不得不暂时告一段落。开放，是指后两句大家约定尽兴而返，各自回到家中，但第二天"清晨"就还来相聚，继续游乐。

纵观全篇，诗人下笔如有神，文气一贯而下，写得风流倜傥，犹如江水滔滔，千里平原一日而下。此诗全用五言写成，是自汉末兴起的文人五言诗逐渐发展成熟过程中的精品。最令人惊奇的是诗人对节奏的把握，无论是田猎还是宴乐，诗人都用简洁明快的语调写成，让人感受那种游乐的"快意"。或许，正是因此之故，曹植才被历代文人视为当之无愧的名家。南朝齐梁年间人钟嵘著有《诗品》，把从汉代到梁朝数百年间的文人分为上中下三品，分别进行点评。在这本经典诗歌评论著作中,钟嵘将曹植列为上品,认为他的诗风源自《诗经·国风》,并称他"骨气奇高,词采华茂,情兼雅怨,体被文质,粲溢今古,卓尔不群"。南朝的另一位著名诗人谢灵运更是直接夸赞曹植说,"天下才共一石,曹子建独得八斗"。

遥望故乡

——《胡笳十八拍（其十七）》

十七拍兮心鼻酸，关山阻修兮行路难。

去时怀土兮心无绪，来时别儿兮思漫漫。

塞上黄蒿兮枝枯叶干，沙场白骨兮刀痕箭瘢。

风霜凛凛兮春夏寒，人马饥豗兮筋力单。

岂知重得兮入长安，叹息欲绝兮泪阑干。

（汉）蔡琰

蔡琰是东汉著名文人蔡邕的女儿，生于书香世家，又天赋异禀，博学多才，在音乐方面也很有造诣，但却由于战乱被掳掠到匈奴。《胡笳十八拍》是她困居匈奴时写的怀乡之作。此处选其第十七拍,诗歌通过对胡地风物的描写,尽发哀切之情,声情并茂地展现了诗人对故国家园的难舍之情。

蔡琰一生的命运可谓是颠沛流离,坎坷多难。起初,她嫁给河东卫仲道,但"夫亡无子,归宁于家"。到了汉献帝兴平年间,"天下丧乱,文姬为胡骑所获,没于南匈奴左贤王,在胡中十二年,生二子。曹操素与邕善,痛其无嗣,乃遣使者以金璧赎之",这才得以返回中原。一个大家闺秀,经历如此之多的患难,其人生感悟自然非同寻常。蔡琰自己说,"天不仁兮降乱离,地不仁兮使我逢此时"。当她在胡地之时,"无日无夜兮不思我故土",但又没有人能够与自己分担这种愁思,还得忍受格外苦寒的气候,以至于无心饮食,"冰霜凛凛兮身苦寒,饥对肉酪兮不能餐"。在这种环境下,人自然会觉得"天无涯兮地无边",而蔡琰感慨于"人生倏忽兮如白驹之过隙,然不得欢乐兮当我之盛年",于是怀乡之情更加炽烈,然而"日暮风悲兮边声四起,不知愁心兮说向谁是?"愁苦之情不能对人倾诉,于是便将这种苦情融于音乐,让胡笳来安慰自己的心灵。

胡笳是将芦苇叶卷成双簧片形状或圆椎管形状,首端压扁为簧片,簧、管混成一体的吹奏乐器。《太平御览》载:"笳者,胡人卷芦叶吹之以作乐也,故谓曰胡笳。"《乐府诗集》中记载:"卷芦为吹笳。"东晋傅玄《笳赋·序》中有"葭叶为声"的句子。"笳"字在汉代常写为"葭"。晋代郭璞就特别解释,"葭、芦、笳"三字指的是同一种植物。原始的胡笳,曾用于战争之中。西汉之时,胡笳已广泛流行于塞北和西域一带,成为常见的乐器。蔡琰的《胡笳十八拍》是诗歌形式,所以"十八拍"犹如"十八章",每一拍为一个章节。

"十七拍兮心鼻酸,关山阻修兮行路难。"此前十六拍,诗人已经道尽在胡地边疆所经历的苦难,也将自己的一生遭遇和人生感慨一一说出。这第十七拍,则是人在穷困之极的情况下的正常反应,心头一酸,想要哭出来了。司马迁在《史记·屈原列传》中云:"人穷则反本,故劳苦倦极,未尝不呼天也;疾痛惨怛,未尝不呼父母也。"蔡琰生逢乱世,命途多舛,一个弱女子飘零边地,心中的惨痛几乎是不能与外人道。此时此刻,她一心想要的,无过于故乡的一句乡音,无过于故乡的一碗热饭,然而道路遥远,千山万水又如此艰险,想要回去何其艰难!

"去时怀土兮心无绪,来时别儿兮思漫漫。"蔡琰做成《胡笳十八拍》的时候,已经返回中原,但是她与匈奴王所生的两个儿子却还在匈奴帐中。所以她会有这两句感慨。"去"和"来"都是相对于中原来说。想当初,自己被掳掠到北疆之外,格外怀念中土,心头真是悲伤莫名,难以述说。那种无可奈何而随风飘泊的感受,简直太难忘记。如今自己回到中原,本来应该高兴,可是这回归却又是以与儿子分离为代价。自己到了中原,亲人却还在万里之遥,作为一个母亲,蔡琰如今又体会到思念的痛苦。

接下来四句,是写蔡琰在回归中原路途中所见所闻。"塞上黄蒿兮枝枯叶干,沙场白骨兮刀痕箭瘢。风霜凛凛兮春夏寒,人马饥豗兮筋力单。"汉末乱世,胡汉交兵,军阀纷争,几乎无处不是战争。她在路上见到塞上的黄蒿已经枝枯叶干,感受到风霜凛凛的岁月变化和气候变易。不过,对风景的描述只不过是"起兴"手法,她真正想要感慨的是,沙场白骨累累,上面还能见到交战留下的刀痕箭瘢。一路所见,又是"白骨露於野,千里无鸡鸣",即便是活着的人,也无不瘦弱不堪,面黄肌瘦。这都让她感到,这真是乱世年间。

"岂知重得兮入长安,叹息欲绝兮泪阑干。"当蔡琰得知可以回归故土时,心情是格外高兴的,甚至喜极而泣,"不谓残生兮却得旋归,抚抱胡儿兮泣下沾衣"。但是匈奴方面并不同意她将两个儿子带走,因此可谓"一喜一悲","觉后痛我心兮无休歇时",忧于山高地阔,和儿子再无相会之期,"更深夜阑"的时候总是能够梦到他们,此时她又再次陷入日日叹息夜夜哀伤,几乎要把眼泪哭干的惨境了。因此,在十六拍中,她哀吟道,"十六拍兮思茫茫,我与儿兮各一方。日东月西兮徒相望,不得相随兮空断肠"。命运对自己实在是太不公平,让一个弱女子平白遭受这样的凄楚,于是她忍不住质问苍天,"泣血仰头兮诉苍苍,胡为生兮独罹此殃?"

歌吟至此,蔡琰心中的苦楚已经从单向度的故国之思,变成了双重的矛盾:对乡土的思念是相思,对亲人的想念也是相思,这两种相思又有哪一个不是家园之思呢？从来家国多难人民遭殃，但上苍对蔡琰实在是未免太过刻薄。而她经过这一番遭际和反思，也终于在十八拍中吟诵出"胡笳本自出胡中，缘琴翻出音律同"。如今中原也开始流行胡地的乐器，两边虽然地域不同，但却演奏着一样的哀音。为此，她在《胡笳十八拍》的结尾感慨："苦我怨气兮浩于长空，六合虽广兮受之应不容！"她的怨气实在太过深广，天地虽大却也未必容得下这一个弱女子的相思之苦。

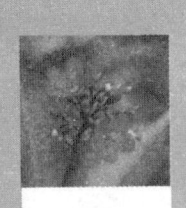

辑二

世外寻桃源——魏晋南北朝

魏晋南北朝是中国历我研究中称之为"中古"（上起魏晋，下至隋唐）的前半段。这一阶段的典型特征是，社会极其混乱，国家四分五裂，政局混乱，堪称"城头变幻大王旗"。不过，文人诗歌在这一时段发展得却很快，出现了陶渊明、谢灵运、谢朓等大诗人。山水田园诗从此时开始有了较大程度的发展。而随着语言研究水平的提升，诗歌写作技艺也日渐精妙，令此一阶段的诗歌成为唐诗的先声。

舍得一片悠然
——《饮酒（其五）》

结庐在人境，而无车马喧。
问君何能尔？心远地自偏。
采菊东篱下，悠然见南山。
山气日夕佳，飞鸟相与还。
此中有真意，欲辩已忘言。

(东晋) 陶渊明

　　《饮酒》诗共有 20 首，此为其五。这组诗创作于诗人归隐田园之后，大约在东晋义熙二年（公元 406 年）。42 岁的陶渊明已过不惑之年，他感于世变，常常自饮独酌，酒后则酣然落笔，聊以抒发胸中块垒。在组诗小序中，他写道，"余闲居寡欢，兼比夜已长，偶有名酒，无夕不饮。顾影独尽，忽焉复醉。既醉之后，辄题数句自娱；纸墨遂多，辞无诠次。聊命故人书之，以为欢笑尔。"但在这"寒暑有代谢，人道每如兹"的时代里，陶渊明并非为饮酒而饮酒，梁朝昭明太子萧统云"吾观其意不在酒，亦寄酒为迹者也"，即所谓"达人解其会，逝将不复疑"的豁达不惑之义。

诗人虽然名为隐居，但并没有刻意找一处深山老林来住，而是兴之所至地选择了一片鸡犬相闻、忽倏来往的地方结庐居住。虽然每日里听得犬吠鸡鸣，遥见樵夫上山打柴，近看儿童嬉戏追逐，但那门外的车马流龙却丝毫不能影响到诗人的心境。诗人是如何避免听闻那些嘈杂的俗世之声呢？这些市声就在窗外，就在门口，就在墙头，但是诗人却可以不闻不见。这到底是什么原因？其实原因也很简单，心远地自偏。诗人能够将自己的心境放到遥远之处，再来观望这世界，就会形成某种距离感，从而产生一种崭新的审美观照。

东篱之下的菊花已经开放了，偶尔走过去，提着竹篓采上一两朵，准备酿成菊花酒。略感疲劳的时候，抬头南望，便见一脉南山悄然浮现。至于这山是真山还是心中一片寄托，倒也无所谓了。唯有那山间的云气令人难忘，在夕阳的映照下，云蒸霞蔚格外美丽。《诗》云，"鸡栖于埘，日之夕矣，羊牛下来。"这个时候，飞鸟也都相互结伴，悄无声息地飞回巢穴，准备作一夜的安眠。面对这样一幅东篱夕照图，诗人不由有些出神。他前思后量，仿佛有什么话想说。这一番美景实在令人难以忘怀，而胸中也恰有某种东西与之契合，觉得非常快意，恨不能连声大呼"快哉！快哉！"可是当他想要开口说些什么的时候，却又忘记了自己刚才在想些什么，又想说些什么。

这首诗中的"采菊东篱下，悠然见南山"是千古名句。宋人苏东坡在《东坡题跋》中说，"因采菊而见山，境与意会，此处最有妙处。"他批评当时有些版本将"见"字改为"望"字，认为一下子令原诗神韵尽失，"则此一篇神气都索然矣"。之所以"见"字难忘，而"望"字不如，正因为其中有一种自然气息，不是人力可为。诗人写的仿若是眼中所见的景象，但实际上却构思出一种心境的画面，人在其中，但又不在其中，属于王国维所谓"无我之境"，即"以物观物，故不知何者为我，何者为物"。这也是钱钟书《谈艺录》中所谓："要须留连光景，即物见我，如我寓物，体异性通。物我之相未泯，而物我之情已契。相未泯，故物仍在我身外，可对而赏观；情已契，故物如同我衷怀，可与之融会。"

陶渊明写菊花、南山、山气、飞鸟，但又不浓墨重彩，甚至可以称为分外节省笔墨，而恰巧这份心情又是在自己的日常生活中出现，它们并非是与诗人的生活有所隔膜，而是化为一体。"心远地自偏"，是诗人在内心营造出一个独立的个人世界，这世界能够容纳下这样的美景，也能够隔开门外的车马喧响。因此，这正是萧统所说的，"其意不在酒"。通篇字面上不见有酒，但处处却蕴含着酒后的寄托和遥想，诗人是以胸怀之中的逍遥来拯救日常生活的平庸和芜杂，最终获得一份平和的心境。

从结构上看，这首诗有叙述、有描写、有问有答，层次措置颇有条理。古人有云，陶渊明写诗喜欢有所转折，或者一句两句，或者三句四句，善于从一个层次转入另一个层次。本诗中"问君何能尔"自我设问将记述引入描述，而"悠然见南山"之后又由近及远，由内而外，令诗歌显现出一种复杂而丰富的景深效果，赋予文字更多的组合意义和美学况味。从一景一物、一言一语之中，读者颇能体味诗人观赏景物的角度和视野，因此也能够分享、领略诗歌所营造的那种田园之乐与隐居之逍遥。

话说从头，陶渊明饮酒之意，真的只是为了一时沉醉吗？宋人叶梦得并不这么认为，他说"晋人多言饮酒，有至沉醉者，此未必意真在酒。盖时方艰难，人各懼祸，惟托于醉，可以粗远世故"。元代刘履也持有同样观点，说陶渊明辞官归隐之后，"世变日甚，故每每得酒，饮必尽醉，赋诗以自娱"，还转引唐代韩愈的诗说"此昌黎韩氏所谓'有托而逃焉'者也"。不过，无论陶渊明当时是为了何种缘故，后世读者欣赏陶诗，总能从其诗歌结构和归隐情调中获得特别的乐趣。明代黄文焕对陶渊明的诗歌给予了特别高的评价，说他"题序乃曰辞无诠次，盖藏诠次于若无诠次，使人茫然难寻，合汉、魏与三唐，未见如此大章法"，等于是将陶渊明看作是从尧舜禹到南北朝时期最特别的诗人。

辑二／世外寻桃源
魏晋南北朝

怡然村景
——《归田园居（其一）》

少无适俗韵，性本爱丘山。误落尘网中，一去三十年。
羁鸟恋旧林，池鱼思故渊。开荒南野际，守拙归园田。
方宅十余亩，草屋八九间。榆柳荫后檐，桃李罗堂前。
暧暧远人村，依依墟里烟。狗吠深巷中，鸡鸣桑树颠。
户庭无尘杂，虚室有余闲。久在樊笼里，复得返自然。

（东晋）陶渊明

《归田园居》是陶渊明"不为五斗米折腰"挂冠离职第二年写的一组诗歌，共有五首，此处选的是第一首。历代文人几乎都对这组诗歌颇为欣赏，给予了很高评价。清人方东树甚至将其与"六经"相媲美,"此五诗衣被后来,各大家无不受其孕育者,当与《三百篇》同为经,岂徒诗人云尔哉!"至于为何可以与六经媲美,方东树还提出另外一点意见,"古人言之有序,只是立诚耳。此等文理,皆与六经同。"六经是古代文人安身立命的重要经典著作,而诗歌往往被视为一种言志的文体,方东树将陶诗与六经相比,虽然不无褒扬,却也道出这组诗歌中的一些意义。

陶渊明正是借着诗歌写作来抒写心中的寄托,要返归自然,挣脱俗世的羁绊。

诗人自从年少时节便天性爱自然,不喜欢被世俗规矩所拘束,往往追求自由。唯有在那丘山之间,如同野禽飞鸟一样来去自如,只为自己而活着,不为别人而生存,才是他本来的性格。但是造化弄人,人间的事情又何曾总是依照本性发生呢?人生不如意十常八九,出于养家的需要,诗人不得不在29岁那一年出来当官,这一去就是13年,直到41岁才终于下定决心,抛弃这浑浊、肮脏、丑行遍布的俗世。虽然时间是13年,但却犹如30年过去一样,诗人感慨万分,分外怀恋故土旧园。鱼儿被养在池塘里,虽然食物不缺乏,但是却没有自由遨游的空间,总是怀念宽阔深广的大湖。被圈养在笼中的鸟儿自然有其惬意之处,但口腹之欲并不能消逝它对山林的渴望,只有在那里,它才能够尽情地伸开翅膀,在蓝天之下、在微风之上、在绿叶丛中自由自在地飞翔。

诗人毅然决定回归自然。他辞去官职,重新来到南荒野地,在这里开拓一片新的田地。别人或许会嘲讽他是愚蠢的举动，但他已经下定决心，要守护自己的这一份朴质理想，在园田之中过自己想过的生活。不久之后，曾经远离自己的生活就开始回来了。他在这片荒地上开拓出十余亩宅地，建筑了八九间草屋，房前屋后栽种了榆树、柳树、桃树和梨树，每逢时节到来，这些树木就各有千秋地红绿交相辉映、纷纷开花挂果。从家门口望过去，遥遥看到远处的村落，在饭点则更有袅袅炊烟升上天空，慢慢攀爬，逐渐散去，显得颇为可爱。在这轻松惬意的田园生活中，总会听到鸡鸣狗吠，深巷之中、桑树之巅总是不经意地响起这些富有生活情趣、充满村居气息的亲切声音，让人感到一种纯净的感动和静谧的安宁。每日里，诗人就在这环境里洒扫庭院，将房前屋后整理得干干净净，落得个清闲自在。每当此时，回顾自己的生活，诗人难忍欣然快意，感慨往昔今日，真犹如笼中鸟儿重新回到大自然当中，那些世俗的规矩再也不能束缚自己。

从结构上看，这首诗写得格外有层次感。明人黄文焕在《陶诗析义》中多次激赏，他认为这组诗写作"有次第"，"地几亩，屋几间，树几株，花几种，远村近烟何色，鸡鸣狗吠何处，琐屑详数，语俗而意愈雅，恰见去忙就闲间，一一欣快，极平常之景，各生趣味"。诗人在这种层次分明的叙述中，仿若工笔画一般为读者勾勒出一幅村居图，上下远近各有特色，而于详细书写田地房屋鸡鸣狗吠之外，并没有太多着墨却留下大量"空白"给读者想象，因此又构建了一种层次感，让诗歌显得有广度又有深度。当读者体会到这种纵深感的时候，就不单单能够发现诗人隐居村野的旷达之情，更能体会到历史深处的一种潇洒寄托。

就诗歌艺术来说，陶渊明的语言向来为人称道。钟嵘《诗品》说，陶诗"文体省净，殆无长语。笃意真古，辞兴婉惬。每观其文，想其人德。世叹其质直"，并赞扬陶渊明为"古今隐逸诗人之宗"。日本学者近藤元粹评价这组诗歌时说，"直吐露真情来，无一修饰之语，而其间有无穷妙味，是陶诗之真面目也"。黄文焕也说，《归田园居》诗"纯以质语真语胜"。在这种清新淳朴的语言之中，陶渊明却并不只是写士人隐逸生活，而是别有寄托，即他作为一个"旁观者"，冷眼看待杂乱纷呈的时代，又以一种颇有历史感触的心境要超越这种无奈的存在。金代诗人元好问曾写诗感慨说："君看陶集中，饮酒与归田。此翁岂作诗？直写胸中天。"

忧道不忧贫

——《癸卯岁始春怀古田舍（其二）》

先师有遗训，忧道不忧贫。瞻望邈难逮，转欲志长勤。
秉耒欢时务，解颜劝农人。平畴交远风，良苗亦怀新。
虽未量岁功，既事多所欣。耕种有时息，行者无问津。
日入相与归，壶浆劳近邻。长吟掩柴门，聊为陇亩民。

（东晋）陶渊明

《癸卯岁始春怀古田舍》共有两首，"其二"以怀古为名，抒发诗人对仕途官场的厌倦之情和对田园乡居的渴望之意。癸卯岁为晋安帝元兴二年（403年），适逢39岁的陶渊明第二次出仕为官，但却发现自己的政治理想根本无法实现，于是又重新生发出归隐的念头。作诗时,恰逢陶渊明母亲去世,他就是在为母亲守丧期间写成了这首诗。

从结构上来说,诗歌前四句陈述志向,总括全章。其后十句叙写诗人从事农耕的情况和见闻。最后两句则歌以咏志。

当诗人坐在田舍之中,望着一望无际的田野,想起自己仕途多舛不能如意施展才华,不由生发其思念古代先贤的念头,想要从中获取进步的动力。至圣先师孔子早就说过,"君子忧道不忧贫",只为天下苍生的幸福平安愁苦,而绝不为自己的贫苦而忧愁。或许是觉得世道艰难无法施行,或许是觉得自己对孔子的观点有特别的领悟,总之,诗人觉得先贤的遗训太高远了,自己恐怕很难做到。退而求其次,他决定长期农耕,希望可以向先师遗训靠拢。

每天晨起,雨露沾襟,诗人就拿着锄头来到田间地头开始一日的耕作。虽然这比为官要辛苦许多,但他的心情却要好很多,每天总是欢颜笑语。与其他农民见面的时候,大家也多是聊聊家常,谈谈农事,互相琢磨着天气会怎样转变,庄稼怎样才能种得更好。从家里到田里,风光也格外不同。宽广平旷的田野上,不时有微风从远方吹来,只见麦浪翻滚,幼苗噌噌地长起来,到处是生机勃勃的场面。离开了官场那些烦人的束缚,不用整日埋头书写公文,也不用纠结于各种人事纠葛,他的心情格外欢畅。仿佛这平畴、远风不是自然界的东西,而是自己真地理解了先师遗训得到的回报,真有久在樊笼里复得返自然的爽快。宋代第一文人苏轼非常喜爱陶渊明，也格外欣赏"平畴交远风，良苗亦怀新"这两句诗，曾经反复书写。

看着田间美景，诗人心情越来越好。他不由地想，且不说今年收成如何，就看眼前这一片风光，也算是没有虚度时光。在若干年后，当自己回忆起今天的日子，一定会觉得，那是令人惊讶的选择。若是没有这种选择，他怎么可能享受得到如此的快意与自由。再看看官场上那些人，真是没有人能够体会这种快乐。想当年，贤人长沮、桀溺归隐农耕，孔子路过还特地让弟子子路去问道。如今自己随着节气耕种，时而忙碌，时而休息，却再也没有贤者前来问道。诗人倒不是渴望有人前来，而是感慨自己离开那没有贤人的世界而归隐于此是多么正确的选择。现在他日出而作日落而息，忙碌了一天之后，就与农夫们一起扛着锄头回家。到家后，略微歇息，吃完晚饭还能够与邻家老翁对坐闲谈，一杯茶，一壶酒，足以快慰平生，谈今论古，真有风月无边的畅快。

发完怀古之思，诗人一声长叹，将柴门关上，决心就此长为躬耕的农夫。这一举动，不仅仅是关上一扇柴门那么简单，而是一个郑重其事的声明，即与世俗社会就此断绝关系，再不打开那扇田园之门了。他要在这里安享余生，过着幽静恬适的生活。古人点评结尾两句诗歌说，"其气象悠然，有非言语可得而形容者矣"，那其中仿佛有一种特别的精神气度，让语言在此处失去了表达的可能性，读者看后只能喟然称叹了。

清人读到此诗，赞誉陶渊明说，"后人美靖节（陶渊明死后，朋友私赠谥号"靖节先生"）曰'不耻躬耕'，不知靖节乐在躬耕也"。确实，欣赏陶渊明，不能简单地将他看作归隐诗人。他是能够真正"返璞归真"，按照自己心中所愿来过日子，并追求真正的田园之乐。明人钟伯敬说，"幽生于朴，清出于老，高本于厚，逸原于细，此陶诗也"，又说，"胸中无此本末，旷放不来"。正是因为心中有这样的情趣和追求，才能够写成这样的诗歌。因此之故，古往今来模仿陶诗的人很多，但是写得好的却只有苏东坡等一二人而已。

辑二 世外寻桃源
朝魏晋南北

从心所欲
——《归田园居（其三）》

种豆南山下，草盛豆苗稀。
晨兴理荒秽，带月荷锄归。
道狭草木长，夕露沾我衣。
衣沾不足惜，但使愿无违。

（东晋）陶渊明

《归田园居》是陶渊明弃官归隐之后写作的一组诗歌，这里选择其第三首，写的是他早出晚归耕田的情形。无论是写具体的耕作，还是写耕作之余的心情，都颇有写实色彩，而又兴味深远，令人不由想见其人，想见其高远情怀。

从官场回归故土，诗人心情格外开朗。在南山脚下开辟了一片荒地，开始打理一片豆地。这里的野草非常茂盛，又总是蓬勃生长。起初来看，豆苗已经长出来了。过几日再看，发现豆苗都被野草盖住了。种地并不是一件那么轻松的事情，必须要辛勤打理才可以。每日里，天还不亮，诗人就起床更衣，来到豆田里除草、培土，整理田垄。等到月亮挂上树梢，他才扛起锄头，踏着月色回到家中。从家里到田地要经过一条山道，非常狭窄，两边也都是茂密的杂草和丛生的灌木，走起来相当费力。晚上回家的时候，衣服也往往被露水打湿。可是即便如此，诗人的心情却没有受到任何影响，他不以为苦反以为乐。衣服打湿了算得了什么呢？只要洗洗再晾晒干就好。关键是我的心愿得以实现，再也不用受官场规矩的桎梏，再也不用违背自己的心愿去做不想做的事情。如今，诗人可以昼则耕耘，夜则读书，忙碌时候打理庄稼，闲暇时节则作诗读史，完全按照自己的天性和心意来过日子了，这是当官时候无论如何也不能想象的生活。

这首诗歌写的是田园归隐之乐，但并没有回避田园耕作之辛苦。但是，"愿既无违，衣不足惜"，与忍受俗世之苦相比，宁愿忍受这样的辛苦。前人评价说，这种写法"秤停轻重，较量有致"。这样的行为看起来容易，其实做到的人却相当少。苏东坡在宋哲宗元祐九年与朋友一起欣赏这首诗歌，特别写了一则题跋说："览渊明此诗，相与太息。噫嘻！以夕露沾衣之故而犯所愧者多矣。"因为不愿意忍受耕作之苦而被迫去做违背自己心愿之事的人，简直太多了。陶渊明自己决定忍受这种苦楚，用这样一种"不自由"为代价，去换取自己心灵的自由，所以他说"衣衫不足惜"，心的自由是更加重要的。

除了将《归田园居》理解为纯粹的田园诗歌外，这首诗其实还有另外一种解释。

唐代颜师古认为，南山为"人君之象"，芜秽不治"言朝廷之荒乱"，豆实零落在野，"喻己见放弃"。这就牵涉到陶渊明是否用典的问题。汉代杨恽有一首歌辞云："田彼南山，芜秽不治。种一顷豆，落而为萁。人生行乐耳，须富贵何时！"有人认为，陶渊明是化用了杨恽的歌辞，用来影射当时朝廷无道。但是也有人不同意这种说法，认为是过度诠释。

其实，关于陶渊明到底是完全的隐士，还是始终未曾忘怀天下，在现代文学史上还发生过一次重要的论争。论证双方都是大名鼎鼎的人物，其一为鲁迅，其一为朱光潜。鲁迅是文坛领袖，朱光潜则是美学重镇。朱光潜从陶渊明作品中的隐逸之作出发，倡言其"静穆"的美，而鲁迅则指出，陶渊明还有其"金刚怒目"的一面，即对现实不满的批评之作。数十年后，我们再看当年的这场争论，其实双方各有千秋。朱光潜是从美学角度出发，着重于分析诗歌中的美学特征；鲁迅则是从文化变革的角度出发，希望能够同时看重陶渊明"飘飘然"的一面和其反面。至于读陶诗时,读者欣赏哪一个角度的陶渊明,则必定是千人千面不会完全一致,而这也正是陶诗的魅力所在。

辑二 世外寻桃源
朝魏晋南北

乡居无厌
——《移居（其二）》

春秋多佳日，登高赋新诗。过门更相呼，有酒斟酌之。
农务各自归，闲暇辄相思。相思则披衣，言笑无厌时。
此理将不胜？无为忽去兹。衣食当须纪，力耕不吾欺。

（东晋）陶渊明

陶渊明写此诗是因为旧宅发生火灾，被迫从山南迁居到南村。《移居》诗共有两首，第一首写迁居之后遇到好邻居，常常可以谈古论今、切磋文艺。"奇文共欣赏，疑义相与析"是其中的名句。第二首诗写移居之后，自己与邻居、朋友的日常生活，农忙则各自耕田，农闲则饮酒赋诗。

"春秋多佳日，登高赋新诗。"开篇奇特，令全诗境界卓然不群。每逢春意盎然或秋气弥漫的时节，天气总是很晴朗，也总有微风拂面吹过，人们的心情和身体都非常愉快。这个时候，朋友们就会相约去游玩，或者登高或者饮酒，而每逢此时，大家也都忍不住一起作诗助兴。即便是一个人出门，从别人家门口经过被看见了，也会立即被拉进去，请你喝酒。大家的生活就是这样无忧无虑，欢乐之极。春秋虽然佳日比较多，但却也是春耕秋收的忙碌时节。农活比较多的时候，大家也就顾不上玩乐，全部早出晚归，踏着清露出门，踩着月光回家，难得有时间相聚一次。然而，一到农活闲暇下来，大家就开始思念对方，忍不住想要尽快聚会一次。

"相思则披衣"，大家很快就坐到一起，谈古论今，说前朝旧事，聊街长里短，总之是言笑晏晏，没有个结束的时候。即便天色眼看晚了，大家也还是不愿意离去。算了，今天就在我家吃饭吧，吃完饭说不定还要留宿，做通宵的漫谈。现代作家周作人有篇散文题作《喝茶》，他写道："喝茶当于瓦屋纸窗之下，清泉绿茶，用素雅的陶瓷茶具，同二三人共饮，得半日之闲，可抵十年的尘梦。"这篇文章一出炉，就被视为经典。陶渊明和朋友有了谈兴，就立即二三人围坐，一定也是在瓦屋纸窗之下，清泉绿茶，村酿老酒，大家一边喝茶饮酒，一边进行谈天，可谓"得半日之闲，抵十年尘梦"。

"此理将不胜？无为忽去兹。衣食当须纪，力耕不吾欺。"这样的道理对不对呢？突然想起来，还是要谨记农耕的辛勤之道，只有努力耕作,才能避免沉溺于游乐之中。正因为呼朋引伴的游乐太过美好,太难以舍弃,才更要勤于耕作,不让时间白白流失。

　　从诗歌艺术上看,《移居》诗歌朴素清淡,别有况味。清代蒋薰评价说:"直是口头语,乃为绝妙词。极平淡,极色泽。饮酒务农,往返无期,闲适若此,可谓不虚佳日。"正因为极其平淡,才显得格外有味道,所谓"似淡而实美","古朴而其中丰腴"。读者欣赏陶渊明诗歌,应该格外注意他的这一特色。清代温汝能说,"予谓熟读陶诗便有益于身心、学问。二诗极平淡,却极着实。上章移居卜邻,得友论文;下章饮酒务农,不虚佳日。人苟乐此无厌,则狭邪之友何由而至,非僻之心无自而入。根本既固,培养自深,于此便可悟道,便可寻真乐处。"

病中登楼

——《登池上楼》

潜虬媚幽姿,飞鸿响远音。薄霄愧云浮,栖川怍渊沈。
进德智所拙,退耕力不任。徇禄及穷海,卧疴对空林。
衾枕昧节候,褰开暂窥临。倾耳聆波澜,举目眺岖嵚。
初景革绪风,新阳改故阴。池塘生春草,园柳变鸣禽。
祁祁伤豳歌,萋萋感楚吟。索居易永久,离群难处心。
持操岂独古,无闷徵在今。

(东晋)谢灵运

谢氏家族为东晋大家族,几乎可以说是顶级望族。这首诗是谢灵运在东晋覆灭、刘宋王朝建立的鼎新革故之时所写,由此我们也可以多少揣摩诗人的心境如何。"一朝天子一朝臣",王朝变革往往伴随着新的权贵势力的崛起和旧的权贵势力的没落,当时,诗人因为政治纷争而被派遣到朝廷之外担任永嘉太守。《宋书·谢灵运列传》记载:"少帝即位,权在大臣,灵运构扇异同,非毁执政,司徒徐羡之等患之,出为永嘉太守。"在永嘉太守任上,谢灵运郁郁不得志,只好流连于山水,并同僧人等结交游历,写出大量山水诗,而这也让他成为中国山水诗的鼻祖。钟嵘《诗品》说谢灵运"兴多才高",好句子随手拈来,令人目不暇接,"名章迥句,处处间起;丽典新声,络绎奔会",并将其列为"上品",但也批评其诗歌写作有太过"繁富"的缺点。

《登池上楼》正是谢灵运山水诗中的杰作,诗人通过写山水,也写出了自己的寄托。

当诗人来到永嘉的时候,他心中的失落之感可想而知。王朝改姓,谢家虽然由于功高只是略微贬谪,但其锋锐已经遭到挫折。诗歌开篇颇为突兀地勾画了一幅气势宏大的山水图。只见深潜渊中的蛟龙自由自在地游动,不时环顾自己雄壮的身姿;远在天际的鸿鸟则放声吟唱,在自由飞翔中令人钦羡。这种随心所欲、得逞其才的生活方式显然令诗人感到极其爱慕,但又迅疾引发了对自身处境的伤感。他感觉到自己无力像蛟龙和鸿鸟那样充分利用云霄与深渊,不能尽情施展自己的抱负。两相对比,诗人内心受挫,反思自己进不能修德退不能耕田,愈加失落。

在这种情况下,诗人的生存状况自然可想而知。既然不能够施展抱负,那就只能由人摆布。为了挣得一份俸禄,只好来到这偏僻的海边,当秋风萧瑟、冬雪飘零之时,也只能一个人拖着病体卧在床上,无奈地对着叶已落尽、清冷冰寒的枯树。诗人此时心中自然有千分无奈、万分愁苦。那种哭天不应、叫地不灵,"天地一沙鸥"的感觉让人感到不尽的悲凉迎面袭来。也不知道季节变化到什么时候,也不知道时辰走到哪一个节点,诗人每日里将病体埋在被枕之中,默默地感叹和回顾愁苦的记忆。

有一天,诗人偶然将窗帘拉开,想要看看这个世界到底成了什么样子。结果却颇为意外。从楼上望出去,入耳的是轰轰激烈的波澜之声,入目的是高高耸立的雄奇山岭。初春的阳光已经彻底祛除了寒冬的气息,而温暖明亮的阳光也已经驱散了冰冷刺骨的阴气。诗人心中一下子充满了激动,充满了希望。他看着窗外的景色,只见池塘沿岸早已长出稚嫩可爱的绿草,柳树之上的鸣禽也由冬鸟换成了春鸟,节气变化了,整个世界也变化了。多么美好的春光,多么美好的鸟鸣。

本来久病初愈,又遇到春风和暖,诗人的心境开始明亮起来。可是一想到自己的处境,诗人立即又被愁苦的情绪所包围。他不由地想起《诗经》和《楚辞》中关于游子不得归乡的诗句,心中暗自感慨,一个人过日子,总是觉得很漫长,一天一夜,一夜一天,分外难熬。这样的日子怎么过呢?不过诗人到底是别有境界,他觉得自己应该仿效古人坚守节操,将这难熬的日子度过,不愧于自己高洁的心灵。前面十六句写诗人对山水风景的观察,这最后的六句则是陈述自己的志向。谢灵运为中国山水诗鼻祖,往往寄情山水,融情于景,而不是单纯的写景描画,这也正是他得以开一新局面的特色所在。诗人因为从现实生活中无法得到有效慰藉,所以才寄情山水,希望从中可以得到补救现实缺憾的地方。这不但是谢灵运的做法,也是古往今来山水诗歌常见的特点,而这或许也透露出为何山水诗能够兴盛的原因:古今骚人墨客,总是如意者少,不如意者多,山水诗就如同创造了一种抒发胸中苦闷、寻找精神慰藉的出口,诗人们借助这种文学形式能够将胸中抱负一一道出。

全诗结构分明,层次清楚,从雄心壮志的不得伸展,到穷愁苦闷,再到柳暗花明,忽又难以自拔,最终寻找出口。读者读完全诗,能够体会到一个处于人生下降阶段诗人的心情,也能够领会在这种纠结愁苦之中蕴含的人生总结。就诗歌艺术来说,谢灵运是南朝时期的顶尖诗人,在当时便颇受推重,"每有一诗至都邑,贵贱莫不竞写,宿昔之间,士庶皆遍,远近钦慕,名动京师","灵运才名,江左独振"。这首诗则充分体现了他"兴多才高"的特点,善于利用景物描绘来抒发自己的志向,而在描绘之中又充分展示了叙事才能,不但有"兴"而且有方法有技巧。今人所谓诗仙诗圣都深受谢灵运的影响,李白说"远公爱康乐,为我开禅关",推重其才高,杜甫则说"孰知二谢将能事",学习其谋篇布局。

山中岩栖
——《石壁精舍还湖中作》

昏旦变气候，山水含清晖。清晖能娱人，游子憺忘归。
出谷日尚早，入舟阳已微。林壑敛暝色，云霞收夕霏。
芰荷迭映蔚，蒲稗相因依。披拂趋南径，愉悦偃东廊。
虑澹物自轻，意惬理无违。寄言摄生客，试用此道推。

（东晋）谢灵运

　　南朝宋代景平元年（423年）秋，谢灵运辞去永嘉太守的官职，回到故乡浙江会稽（今绍兴）隐居。在家乡的庄园里，他筑造石壁精舍作为研习经文的场所，也以此为自己隐居的地方，号为"岩栖"。这首诗歌即是写他在此期间的生活。

开篇二句对偶工整而又格外凝练。一天之中有晨昏变化，一日之内有温度不同，诗人采用大线条、大结构勾勒整体的山水图景，简洁而又明快地给出眼中的景色之清丽。青山绿水在清澈的气息之中坐落着，或者有渔夫樵夫经过，或者有鸟儿白鹤飞翔。随着日光的变化，山水的色泽也不断演变，时而五彩绚烂，时而清丽平静，时而澄净清澈。

"清晖"四句写主人游而忘返，晨出晚归。诗人对这一番美景特别满意，总是喜欢带着朋友或者独自出游，一出去就必定沉浸在淡然闲适的风情中忘记世俗生活，忘记从山水里回到家中。出门的时候时间总是很早，连鸟儿都还没来得及出巢。回家的时候却总是很晚，当他们兴尽晚回舟，太阳早就落山，最后一缕微光也几乎要消失不见了。

"林壑"四句写主人回家之后所见景色。每逢主人从外面游览回来，都已经很晚了。这时候山林丘壑都慢慢掩映在暮色之中，蒙上一层青色的夜幕。晚霞也渐渐散去，仿佛是给天空收了回去。只有到了这个时候，主人才觉得实在太晚了，不得不收起小船，让船夫慢悠悠地荡着回来。小船慢慢地穿过菱角和荷叶密布的水面，逐渐靠在岸边，那里也密布着菖蒲和稗草。所有的一切都在夜色掩映之中，诗人就仿佛是归巢的倦鸟，但是心情却不错，他不是一个外来的人，而是一个归巢的人，是和这山林丘壑、云霞夕霏一样伴着时辰的变化按时出按时回的景中人。

"披拂"四句写主人兴尽回家。他从舟船上下来，和仆人、朋友一起拨开一丛丛茂盛的草，找到常常走的那条小路，心情愉快地回到家中。当他打开家门，满身疲倦地躺倒在床，一种别样的快意袭上心头。他回想这一天的生活，觉得人只要心里看得淡一点，不把功名利禄放在心上，自然牵挂就少，顾虑就少，也就可以更加惬意地生活。

末尾两句收束全篇。诗人用自己游历的经历亲身说法，告诉那些为了生计而奔波的人们，如果觉得心为形役，不如试试在山水中寻找惬意的方法。

综合全篇来看，基本上是以诗题中的"还"字为线索。开篇追述出门情形，然后就是天色已晚，开始"归"，由"入舟"时所见的景色，到划船靠岸，再到循着"南径"找到"东扉"，终于卧倒休息。躺下来之后，想想一天的经历，抒发个人胸中情怀。诗句与诗句之间做到了环环相扣，抒情和叙事相互结合，结尾的议论则对上述内容做出一个总结。明代学者王夫之评价谢灵运说："谢诗……情不虚情，情皆可景；景非滞景，景总含情"，从这首诗中可见一斑。

谢灵运是南北朝时期山水诗的代表性人物，又是魏晋诗歌向南朝诗歌转变的灵魂人物。刘勰在《文心雕龙·明诗篇》中说："宋初文咏，体有因革，庄老告退，而山水方滋。俪采百字之偶，争价一句之奇；情必极貌以写物，辞必穷力而追新。"《石壁精舍还湖中作》在题材、词章、音韵方面就颇能代表这种风尚。"林壑敛暝色，云霞收夕霏"和"披拂趋南径，愉悦偃东扉"是诗中特别有名的句子，尤为凸显出谢灵运炼字的功夫。一个"敛"字写尽暮色四合的时光变易情状；一个"收"字将云霞散去的美景写得生气淋漓；一个"趋"字将归家之人的心情写得从容不迫；一个"偃"字则将奔波一天之人那种放松的心情和疲惫的状态融为一体。

通观全诗，诗人的闲适心情和愉悦之态在字里行间无不显现，从而令诗歌具有一种青春飞扬的感觉，充满了朝气和活力。或许正是因为这个原因，连诗仙李白也格外喜欢这首诗歌，在其《酬殷明佐见赠五云裘歌》中李白就完美地化用谢灵运原作写出另外一首佳作："故人赠我我不违，著令山水含清晖。顿惊谢康乐，诗兴生我衣。襟前林壑敛暝色，袖上云霞收夕霏。"

且歌山水
——《招隐（其一）》

杖策招隐士，荒涂横古今。岩穴无结构，丘中有鸣琴。
白云停阴冈，丹葩曜阳林。石泉漱琼瑶，纤鳞或浮沉。
非必丝与竹，山水有清音。何事待啸歌？灌木自悲吟。
秋菊兼糇粮，幽兰间重襟。踌躇足力烦，聊欲投吾簪。

(西晋) 左思

左思是西晋太康年间最有名的作家，以《三都赋》和《咏史》诗最有名。史书记载，他耗费十年精力写出《三都赋》，当时"豪贵之家，竞相传写，洛阳为之纸贵"。《招隐》诗共有两首，这里是第一首，写诗人对隐士生活的向往和对世俗世界的弃绝。"招隐"主题在汉代和汉末一度颇为流行,起初是指招募山中隐士出来匡扶世道的意思,后来则不断出现钦慕隐士生活愿意离弃世俗生活的诗旨。左思这里写的,就是后起的主题。

钟嵘《诗品》将左思列为上品诗人,称赞其作品"文典以怨,颇为精切,得讽喻之致"。这首招隐诗虽然从字面意义来看,以写隐士的居住环境为多,但字里行间却不无隐喻,处处映照着当时的政治现实。此外,读者在理解这首诗歌时,不妨将眼光放得宽广一些,将魏晋南北朝时期的山水诗放在一起考量,便能注意到,山水写作的兴起,包括山水画的蓬勃发展,成为这一时代的主题,共同构成了隐逸风气。左思这首诗,不但是个人际遇的反映,也是当时整个士林风气的表征。

诗人几乎是以写赋的手法来写这首诗,极尽铺陈叙事之能事。他拄着手杖要前往那隐士居住的地方。这是什么样的地方呢?自然不在繁华的都城,也不在热闹的市井,而是人烟罕至、古今寂寞的荒野。接下来,诗人就开始描绘那里的好处。虽然岩穴之中没有华美的房屋、没有高耸的台阁,但是丘陵之间却自有美妙的音乐。白云掩映着山岗,太阳照耀着山林,山南山北一派祥和景象。清冽的山泉从石缝中汩汩而出,击打在山岩上发出琼瑶叮咚的乐声,而细小的鱼苗也在其中上浮下沉自在漂游。隐士居住在这样的环境之中,清幽自在,与浑浊的世俗没有任何干系。他们何必需要你人间的丝竹乐器呢?那山泉之间自然有美妙清丽的音乐。人们自己喜欢又擅长的长吟短啸也没有发挥的余地,当风吹过那一排排一簇簇的灌木林时,发出箫瑟深沉的声音,比什么乐音都要美妙动听。你若问起他们吃什么穿什么?那么可以告诉你,山珍海味和他们无缘,丝绸锦缎也不是他们所爱的。这些高洁的人吃的是纯净的秋菊,穿的服饰则都是用优雅静谧的兰花制作而成。想想自己如今所在的官场,真是感觉处处羁绊,几乎难以举步。那隐士的生活是如此美妙,如此自由自在毫无拘束,如此清丽动人叫人向往,诗人决意放弃自己的官职,从此挂冠离去。

　　就写作结构来看,诗歌可以分为三个层次。前两句为第一层,诗人起兴,表示了对隐士生活的向往。中间十二句则依次写隐士的居住环境、精神生活和衣食问题。最后两句则束尾,表达了归隐的志向,与第一层形成呼应。在写作艺术上,除了诗人条理清晰、布局明白的叙事技巧之外,也需要格外注意其讽喻的意义。写作这首诗前后,正值西晋"八王之乱",天下大乱,而左思自己也颇受牵连,于是闭门不出,专门著述。此外,诗歌中用清丽的描写塑造出一种别有天地的境界,颇为当时士人推重。《世说新语》中有一个"雪夜访戴"的故事特别有名:"王子猷居山阴,夜大雪,眠觉,开室命酌酒。四望皎然,因起彷徨,咏左思《招隐诗》。忽忆戴安道。时戴在剡,即便夜乘小船就之。经宿方至,造门不前而返。人问其故,王曰:'吾本乘兴而行,兴尽而返,何必见戴!'"因为一读左思的《招隐》就乘兴而去尽兴而返,可见本诗艺术魅力所在。

左思归隐,在很大程度上是身不由己,历经变乱之后的避祸行为。左思年轻的时候,曾经尝试"学钟、胡书及鼓琴",但是没有一样学成的,后来转而致力于学文,终于成功。但是,由于他相貌丑陋,还有些口吃,所以虽然"辞藻壮丽"却"不好交游,惟以闲居为事"。后来,因为妹妹左棻被选入宫,所以移家京师。在洛阳期间,他致力于撰写《三都赋》。他到处向人请教各地风物,构思十年,据说屋子里到处都摆满了笔纸,"遇得一句,即便疏之"。此外,由于他觉得自己知识不够广博,所以"求为秘书郎",利用职务之便阅读了大量皇家藏书。最终,他写成《三都赋》,铺陈魏国、吴国和蜀国三国都城的繁华与兴盛,同时分析形势,陈述三个国家的强弱对比。当时的人用汉代的三篇名赋来赞誉左思说,"相如《子虚》擅名于前,班固《两都》理胜其辞,张衡《二京》文过其意。至若此赋,拟议数家,傅辞会义,抑多精致,非夫研核者不能练其旨,非夫博物者不能统其异"。司空张华见而叹曰:"使读之者尽而有余,久而更新。"一时之间,豪贵之家竞相传写,洛阳为之纸贵。本来文名正盛,但恰逢秘书监贾谧请他讲《汉书》,后来贾谧诛,他也被连带其中,幸免之后就再不踏足官场,一心于典籍和文章了。

其实,左思最有名气的诗歌是《三都赋》和《咏史八首》。从《三都赋》中,我们还能看到他关心国家大事,心怀天下的雄心壮志。但是从后期的《咏史八首》中,我们已经看不到那种"雄心",

而只看到一个学者型诗人对古往今来兴衰变化的感喟了。这种前后变化,其实也正是左思归隐前后的情绪流露。在《咏史》(其一)中,左思就用对比的写法反映了自己的观念转变,起初"虽非甲胄士,畴昔览穰苴。长啸激清风,志若无东吴",到后来则左眄澄江湘,右盼定羌胡。功成不受爵,长揖归田庐"。

游仙长生

——《游仙诗（其五）》

逸翮思拂霄，迅足羡远游。清源无增澜，安得运吞舟。
珪璋虽特达，明月难暗投。潜颖怨清阳，陵苕哀素秋。
悲来恻丹心，零泪缘缨流。

（西晋）郭璞

郭璞是西晋末年、东晋初年人，一生传奇，既是文人学者，也是两晋之时最重要的方术家。他的《游仙诗》现存14首，这里选其第五首。

所谓"游仙诗"由来已久，楚辞中就有仙人登上云霞的说法，但汉魏六朝才是游仙诗真正兴起和发展的阶段，而所谓"游仙"已经演化为隐逸主题。郭璞《游仙诗》往往借隐逸游仙书写自己的生活遭际，以及归隐田园的内心冲动。

大鹏鸟总是渴望着冲上云霄，在蓝天白云之间自由展翅飞翔，而奔马则无不渴望奋蹄远行。对于有理想、有梦想的人来说，唯有远方才是唯一的目的地，他们永远不会安于现状。况且在这个世界上，无论是归隐沉寂还是富贵闻达，都不能让人太如意。

古往今来，人们都以为清水之源头是隐居的最好地方，因为那里清寂无人，适合读书，适合修身养性，甚至于可能得道。但是谁又知道，这里的空间是多么逼仄和狭小。"吞舟之鱼不居潜泽"，这一汪浅水毫无波澜，怎么能够容得下志向远大的人才？

要说归隐不能让人尽心随性地发挥才能，那么追求功名利禄又怎么样？虽然身怀才能之人往往可以闻达于诸侯，但是也难免有人会明珠暗投，不被赏识。这一条路也并不好走。天下熙熙，皆为利来；天下攘攘，皆为利往。至于谁能够尽展才华，根本不能预测。

诗人想到这里，不由悲从中来。人间到底是个死胡同，归隐也不能，富贵也不能，真实独善其身做不到，兼济天下也不行。那么该怎么办呢？诗人涕泗交流，感慨万千，或许还是离开这人间，追随大鹏鸟和千里马的脚步，到远方的仙界去吧！

郭璞写《游仙诗》表达自己的归隐之志，颇有仙风道骨。其实，在历史上，郭璞也是当时很重要的方术之士。《晋书》说他："词赋为中兴之冠。好古文奇字，妙于阴阳算历。"这里摘录几则关于郭璞的卜卦典故，以便帮助读者了解这个传奇人物。

郭璞虽然学问很大，但是不善于言辞。当时有个姓郭的老人，精于卜筮，郭璞就跑去"从之受业"。郭姓老人传授给他《青囊中书》九卷，他因此洞悉五行、天文、卜筮之术，能够禳灾转祸，非常灵验，人们认为古代的有名术士也比不上他。郭璞有个门人叫作赵载，看到师父这么厉害很是钦羡，于是就想偷了《青囊中书》窃取技艺，然而当他偷到书还没来得及读，这九卷书却意外地为火所焚。

晋惠帝、晋怀帝在位之时，郭璞占卜天下大势，发现战火难免，中原将要遭遇丧乱之灾，于是就提前和数十家大户贵族结为朋友，想要避祸东南。有一次，他去拜访将军赵固，正好遇上赵固长骑的一匹好马死了。赵固非常伤心，所以暂时不接待宾客。郭璞来了以后，门吏自然就不为他通报。没想到郭璞说：我能让这马活过来。门吏大为惊讶，赶紧进去禀报主人这个事情。赵固听了，主动出门来迎接他，并说："君能活吾马乎？"郭璞说："得健夫二三十人，皆持长竿，东行三十里，有丘林社庙者，便以竿打拍，当得一物，宜急持归。得此，马活矣。"赵固照办，结果就找到一个像是猴子的怪兽。手下把这个怪兽带回家，结果它一看见死马，便嘘吸其鼻。"顷之马起，奋迅嘶鸣，食如常。"赵固因此将郭璞视为奇人，赞助了他很多钱财。

郭璞之死，也颇有传奇色彩。当时王敦专权，甚至想要一手操控宰相任命权。晋元帝对此自然非常不满,就和亲信温峤、庾亮决定征讨王敦。王敦得知消息后非常愤怒,决定率先兴兵征伐京师,行前要郭璞给他占卜一卦看看吉凶,结果郭璞说"此去无成"。王敦本来就已经怀疑郭璞和对方有牵连,此时更是勃然大怒,对他说:"卿更筮吾寿几何?"郭璞回答:按照卦理,"明公起事,必祸不久;若住武昌,寿不可测"。王敦大怒曰:"卿寿几何?"曰:"命尽今日日中。"于是,王敦就将他收监下狱,当日便杀掉了。

河边踏青
——《江上曲》

易阳春草出,踟蹰日已暮。

莲叶尚田田,淇水不可渡。

愿子淹桂舟,时同千里路。

千里既相许,桂舟复容与。

江上可采菱,清歌共南楚。

(南朝)谢朓

这是一首乐府诗歌,宋代郭茂倩将其收入《乐府诗集》。诗歌写一位江南少女在春和景明之日,于桂舟穿梭、菱角遍布的江边等待情郎的心情。谢朓诗歌往往以清丽示人,李白就称赞说,"蓬莱文章建安骨,中间小谢又清发"。这首诗歌不脱这种清丽色彩,充分借用了南朝民歌中的不少因素,如"莲叶田田"的说法几乎是原封不动地借用,而诗歌构造的情境也与诸多乐府民歌颇为相似。

在古代,山南水北为阳,山北水南为阴。易阳指的是易水北岸。汉代枚乘在《菟园赋》中咏叹这一带的游人说,於是"晚春早夏,邯郸、襄国、易阳之容丽人,及其燕饰子,相予杂逻而往欵焉"。谢朓诗歌中所写的,差不多也就是这样的情况。当游人仕女纷纷出行,或者骑马,或者乘车,前呼后拥,相互顾盼,欣赏暮春初夏的美好风景之时,却见一个清秀女子独自徘徊在河岸。她眉间仿佛有一点期待,又有不少担忧,就这样左顾右盼,前瞻后顾,不知不觉之间太阳就已经落向西山。

年轻女子望着布满水面的田田荷叶,那些叶子又宽大又清丽,一片片簇拥在一起,绵绵不尽地铺展在水中。但是这景色越好,越让人觉得难以渡河,难以和远方的情郎相会。从千年以前的春秋时代起,这淇水就是爱情故事多发的地方,难道她今天也要重复前人的经历,苦苦等待情郎而不得吗?女子遥望着那一条金波荡漾的河流,不由浮想联翩。情郎有朝一日从远方归来,两人共同搭乘一条桂木做成的船只,沿着河流顺江而下。两人在船中互诉衷肠,千里之地不知不觉就过去了。李白诗云"朝辞白帝彩云间,千里江陵一日还。两岸猿声啼不住,轻舟已过万重山"。谢朓和李白都是用倏忽间千里之地已经往返而人却不觉得时间漫长,来形容人生快意,不知时光之流逝。这种忘却时间的写法，在山水诗中是很常见的。苏东坡《赤壁赋》中有，"不知东方之既白"的说法，也就是和友人在夜船上纵酒言欢忘记了时间。

这一千里的旅程，在别人看起来很漫长，但在舟中人看来，却是短暂又轻松。他们两个人惬意地说着闲话，顺手采撷荷花和莲子。当菱角成熟的时候，分别伸出洁白的手，将那碧绿的菱角采摘下来，放在舟中。两人一边采摘，一边开心地唱起欢愉的清歌。此种千里泛舟的感觉，就犹如孔子说要"乘桴浮于海"一样，是心中抱负和期待的外化。诗人并非真地要与朋友泛舟千里才能领略那种快意，而是说因为与朋友在一起可以了无心机、自然得趣，所以即便是在舟中待上一千里的路程，也不会觉得憋闷和无聊。

从总体上来看，诗歌可以分为两层。前两句为第一层，是客观描写，状自然之貌，写少女独自一个人站在河岸边上，于春和景明的天地之间独自徘徊。其他八句为第二层，是诗人对少女心思的想象。这样一个少女，于暮色沉沉之时徘徊在河边不愿意离去，目光总是看着远方，她会想些什么呢？其实，这也是南北朝民歌的一个重要主题，即少女怀春。谢朓以其清丽之笔，用莲叶、桂舟、青菱做隐喻，讲述了一个少女怀念情郎的故事。这种讲述方法，由远及近，由外入内，仿佛电影中的长镜头切换到了定格镜头，随之用一个故事来丰富完善镜头语言，给人以无限遐想。前后两个层次，一共十句，结构完整而匀称，以风景入手，由风景束尾，前后呼应，形成一个完整的叙述框架。这种安排有动有静，有远有近，在静谧安详的夕阳晚景中却给人展现了一幅略有伤感的唯美画面，其中的时间纵深又让人不由怀想千年以降的种种爱情故事，给诗歌格外增添了一份历史感。至于少女的结局如何，她会等到何时，她的情郎会不会出现，那就不在诗人考虑的范围了，他只关心在这一刻的瞬间美和瞬间所蕴含的丰富情谊。

钟嵘《诗品》说，谢朓"一章之中，自有玉石，然奇章秀句，往往警遒，足使叔源失步，明远变色。善自发诗端，而末篇多踬，此意锐而才弱也，至为后进士子之所嗟慕。朓极与余论诗，感激顿挫过其文"。钟嵘认为，谢朓诗诗很清丽，起首写得尤其好，但结尾往往令人略有失望。就这首诗来说，开头确实写得非常巧妙，"易阳春草出，踟蹰日已暮"，时间、空间转换写得非常妥帖，于无声无息中道出女子等待时间之久、等待心情之迫切、爱恋心情之忠贞。是什么样的情人，在荷叶田田的暮春之日，站在易水河畔焦急地等待情郎呢？她左右徘徊，不知道等了多久，眼看太阳已然悄悄西坠，天色也开始暗了下来。唯有她仍然徘徊等待，不愿意离去。结尾一句，"江上可采菱，清歌共南楚"，仍然不失才华，但已经没有第一句那样令人记忆深刻。

春情动人
——《王孙游》

绿草蔓如丝，杂树红英发。

无论君不归，君归芳已歇。

（南朝）谢朓

《王孙游》是汉代乐府题目，收入《乐府诗集·杂曲歌辞》。谢朓这首诗是文人学习民间情歌之作，联想丰富，语言直率，音调讲究，抒发了春日绵绵相思之情和对春日即将结束的怅惘之感。借助一个女子的视角和口吻，谢朓描绘了一幅春和景明图，又咏叹了一出情人相思的故园图景。当那女子在如丝草地上惆怅地徘徊着的时候，那远方的情人怎会不动情，怎会不思念？

这是一个春和景明的日子，蓝天、白云、绿树、微风，人们纷纷结伴出游，来到野外欣赏这晚春的风采。一个女子也随着大家来到野外，欣赏这暮春的美景。只见遍山都是绿色的青草，它们从脚下一直往前蔓延，到那远处的小树下面，到那更远的小河之畔，再到那几乎看不见的路尽头。站在上面，能够感觉到它们的柔顺与滑腻，用手去抚摸更是感到丝丝顺滑仿佛是新上市的丝绸。这绿色是如此鲜艳，仿佛刚刚有雨水洗刷过一样。诗云："山路元无雨，空翠湿人衣。"女子此时就彷佛看到有雨水从天而降，不断地播洒在这翠绿的一簇簇青草上面。

在这青草上面，杂七杂八地分布着一些灌木树丛，有杨柳，有桃李，还有些说不上来名字的。树木也都是青绿青绿地引人眼球，阳光从枝叶缝隙间穿过，照耀在树干和草地上，明亮亮地颇为诱人。这也正是鲜花盛开的时节，大量不甘寂寞的花儿早已绽放，将树木点缀得万紫千红。看着如梦春色，女子不由觉得梦回莺啭，仿佛人立在小庭深院，看那炷尽沉烟，抛残绣线，心中想起远方的情人不由急切盼君归。"晓来望断梅关，宿妆残。你侧着宜春髻子恰凭栏。剪不断，理还乱，闷无端。"

平日里，她总是"闲凝眄生生燕语明如剪，听呖呖莺声溜的圆"。此时此刻，看着暮春美景，心中不由更加思念情人。你为什么还不回来呢？这如梦的美景眼看就要结束了。等到那夏天一来到，这温和的阳春美景就没有了。女子看着伙伴们呼朋引伴地胡闹，心中虽然有那么一点欢快，但很快就更加惆怅了：不要说你不回来我会有多难过，就算你现在动身启程，等你回来的时候这美景也差不多随着春天的结束而逝去了。

谢朓的诗歌技艺颇为历代文人欣赏。当时人们就称赞他"奇章秀句，往往警遒"，杜甫更是说"谢朓每篇堪讽诵"。他关于山水的诗歌不但继承了魏晋南北朝时期山水诗方兴未艾的气势，而且开启了后代山水诗的大门，对唐人写作影响很深。明人胡应麟就说，唐人"五言短古，多法宣城，亦以其朗艳近律耳"。宣城即谢朓，而说他"近律"则是因为谢朓写诗的方法和唐人写律诗、绝句时对音韵的要求很接近了。

唐代诗歌从南北朝诗歌中汲取了很多精华，而谢朓更是深受唐代诗人喜爱。从不少唐诗中，我们都可以看得见这首《王孙游》的影子。灵一《送殷判官归上都》诗云："别后王孙草，青春入梦思。"上官婉儿《游长宁公主流杯池》诗云："山中真可玩，暂请报王孙。"毛文锡《何满子》诗云："恨对百花时节，王孙绿草萋萋。"最有名的则是王维的两首诗歌，《山居秋暝》云："竹喧归浣女，莲动下渔舟。随意春芳歇，王孙自可留。"《送别》诗云："山中相送罢，日暮掩柴扉。春草年年绿，王孙归不归。"

郊野风情
——《游东田》

戚戚苦无悰,携手共行乐。
寻云陟累榭,随山望菌阁。
远树暧阡阡,生烟纷漠漠。
鱼戏新荷动,鸟散余花落。
不对芳春酒,还望青山郭。

(南朝)谢朓

　　《游东田》是谢朓非常有名的一首诗歌,"鱼戏新荷动,鸟散余花落"更是经典名句。和谢朓大约同时的文坛领袖沈约曾说,"二百年来无此诗也"。整首诗歌通过叙写一次出游,描绘了东田这个地方的美丽景色，抒发了诗人心中的苦闷之情，并传递出对归隐田园的向往之意。

东田是江苏南京钟山脚下的一个地方，在谢朓生活的时代是贵族常常前往游玩的地方。《梁书》就记载："齐文惠太子，尝出东田观获。"谢朓在东田这个地方有属于自己的一处庄园，他正是在游览了庄园之后写下此诗。

时逢初夏，天气已经开始有些闷热。谢朓不知道因为什么原因，突然觉得有些闷闷不乐，心情格外郁闷。春天里，自己还和朋友们三五成群，常常登高作赋，心情欢快之极。今天实在是无法愉情悦性，在屋子里什么事情也做不下去。虽然时节不是那么合适，但还是勉强邀请朋友陪伴自己出游一次。希望能够借助出行浇灭胸中块垒，换得一日的欣喜和愉悦。清代诗人何焯说，"节候已过，强事登望，正以见其戚戚无欢也"。

谢朓和朋友来到东田的庄园里，一下子觉得心情舒朗了许多。抬头看天，只见湛蓝的天空上飘浮着片片白云，犹如天宫的楼阁一样，层层叠叠，片片成堆。他和朋友赶紧拾阶而上，顺着山势登上重重叠叠的台榭，仿佛是要追觅白云一般。等到登上小山的最高处，两人在一处亭子里略微休憩，举目远望。远方的阁楼和山势结合在一起，看起来像是一只伞菌一样，下面是结实圆滚的茎秆，上面是一个美丽的小帽子。这阁楼与远处的山水相互映衬，显得如同画里的美景一般。谢朓的心情一下子好起来，仿佛为这美景所感动,眼界也开始放得更加宽广和深远了。

前代诗人陶渊明有"暧暧远人村,依依墟里烟"的好句子,谢朓此时仿佛也看到了那一幕美景。只见阡陌之间散布着大量树丛,可是由于距离太远,看起来就有些迷雾蒙蒙,仿佛是云雾缭绕一样。远处的亭台楼阁和广大的田园结合在一起,犹如一幅山水画,而那树木相互纠缠、互相连绵又牵连不断,越看越像是一抹抹烟雾从那远方的地平线上不断地升起,顺着谢朓的目光飘啊飘啊一直到目光的尽头。

两人从山上下来,一路走一路看,简直是如行"山阴道上,目不暇接"。等到了地面,看到那池塘里的新荷长势很好,就一起围观。小荷才露尖尖角,已经有蜻蜓迫不及待地飞过来在上面盘点。朋友突然看见远处一面荷叶微微摇动,谢朓顺着手势一看,发现一条鱼正好游过去。这可真是"鱼戏莲叶间"了。从池塘处继续往前走,只听鸟鸣啁啾,颇为可爱。山中非常清静,这独处一角的庄园更是寂静无人,唯有天籁之声不绝于耳。忽然有鸟从树上扑棱棱地飞起,将已经凋谢但仍挂在树枝上的花儿打落下来,不偏不倚掉落在谢朓和朋友的身上。他们相视而笑,觉得真有莫逆于心的快意。

游览已经结束,谢朓请陪伴游览的朋友喝一杯,朋友欣然接受。可是当两人坐到酒桌面前,樽中已经倒满了芳香的美酒,谢朓却不由举目远望,甚至忘记和朋友举杯了。他目不斜视地回望着远处的青山,眼神清澈,仿佛若有所思。朋友见状嘿然一笑,也不去打搅他，只是自己将一杯美酒灌入喉中，顿觉芳香四溢，美不可言。

　　谢朓山水诗向来为历代诗人重视，与其对诗歌发展的贡献密不可分。南北朝是山水诗兴起并逐渐成熟的时代，但由于受晋人喜欢谈玄说理的影响，这一时期的山水诗总是充满玄理色彩，不是纯粹的山水诗歌。人们惯常将谢灵运和谢朓并称为"大小谢"，但"大谢"的诗尚未脱尽玄言诗风的影响，总有一些玄理色彩；"小谢"的山水诗则完全是自然山水的描绘，玄理成分已消除殆尽。因此，他的成就也特别卓越，并影响了此后数百年间山水诗的写作风格。明代钟惺说，谢朓"玄晖以山水作都邑诗，非唯不堕清寒，愈见旷逸"。诗仙李白更是对谢朓佩服得五体投地，屡次写诗向他致敬。有一次，李白来到谢朓曾任太守的宣城，更是写下闻名天下的《宣州谢朓楼饯别校书叔云》："弃我去者，昨日之日不可留。乱我心者，今日之日多烦忧。长风万里送秋雁，对此可以酣高楼。蓬莱文章建安骨，中间小谢又清发。俱怀逸兴壮思飞，欲上青天揽明月。抽刀断水水更流，举杯消愁愁更愁。人生在世不称意，明朝散发弄扁舟。"同样是不得已，谢朓和李白都要寄情山水，可见此心古今同。读者欣赏谢朓的诗歌，想必也会各有所得。

关山路远
——《暂使下都夜发新林至京邑赠西府同僚》

大江流日夜,客心悲未央。徒念关山近,终知返路长。
秋河曙耿耿,寒渚夜苍苍。引领见京室,宫雉正相望。
金波丽鳷鹊,玉绳低建章。驱车鼎门外,思见昭丘阳。
驰晖不可接,何况隔两乡?风云有鸟路,江汉限无梁。
常恐鹰隼击,时菊委严霜。寄言慰罗者,寥廓已高翔。

(南朝) 谢朓

《暂使下都夜发新林至京邑赠西府同僚》写于齐武帝永明十一年秋。当时,谢朓本在湖北荆州随王府为官,因他人诋毁被皇帝召回京师金陵(今南京)。这首诗即是他在路途上写给随王府同僚的诗歌，以融情于景的方式写出了诗人内心的苦闷凄楚。

　　诗人得到来自京师的诏令，立即乘舟动身。从荆州到金陵，一路向东，顺流而下。身在船上，日夜聆听着大江的滚滚波涛，感受着那昼夜流淌的水声。大江如此壮阔波澜，自由自在，而诗人的生命却显得如此渺小，但又如此难以掌控。看着江水滚滚流逝，诗人的心情不由惆怅不已，眼前的江景犹如自己的心情一样，而那惆怅就如这波涛一样，昼夜不停地流动着。

　　在乘舟赴都的路上，谢朓的心里只是想着金陵城里会发生什么事情。别人控告自己挑拨随王滋事，但是这又从何说起？到了城里，皇帝会怎样询问自己？如果辩解不明白，自己又会遭逢怎样的惩处？这些事情一桩桩一件件地积压在他的心头，令谢朓感到几乎喘不过气来。每一天旅程结束，他都忍不住心里计算到金陵的路途远近。可是这一夜终于到了京城脚下，他却夜不能寐了。这么多天来只知道想着什么时候到金陵，却没来得及想过什么时候能够回到荆州。可能永远也无缘回去了。这真是来路将尽，去路遥远啊。

　　这是在江上的最后一夜了，诗人站在甲板上，久久不愿休息。只见天空的星星闪闪明亮，银河如此清晰可见，而反观诗人所在的江渚，唯有苍苍夜色让人感到有些清冷。在宫人的引领下，诗人踏上前往皇宫的道路，很快就看见了宫墙和皇宫建筑。这时候，他心中越发思念西方的荆州同僚们，越发想念大家一起诗文唱和的日子。车子已经到了宫门前，他一下子想起来大家在楚昭王陵附近度过的日子,一幕幕如在眼前如在耳边。可是这时候,想念又有什么用呢?

荆州和京师相距实在是太遥远了,连早晨的太阳光辉都不能同时照耀在两个地方。鸟儿或许可以飞跃云端相互见面,但我们隔着没有桥梁的大江怎么相会呢?我一个人在这里,总是心怀忧惧,仿佛是担心鹰隼偷袭的小动物,又仿佛是担心严霜击打的秋菊。真想敬告那些诬陷我的人,天地辽阔,我必会重新飞翔于天地之间。

中国传统隐逸诗歌往往是因为诗人自己遭逢厄运,不能够实现自己的抱负和理想,因此才会生发出脱离俗世回归田野的想法。谢朓这首诗歌也是这样的思路,但特别之处在于其艺术手段特别高明,将山水景观和自己的人生遭际恰当而巧妙地结合在一起,让人观景如同观心一样体会到他的心境。由于他选择的大江意象格外雄浑壮观,也就让整首诗歌带有一种特别的悲凉之意,意境阔达,发前人所未发。

辑二 世外寻桃源 / 魏晋南北朝

怀乡之思

——《晚登三山还望京邑》

灞涘望长安,河阳视京县。白日丽飞甍,参差皆可见。
余霞散成绮,澄江静如练。喧鸟覆春洲,杂英满芳甸。
去矣方滞淫,怀哉罢欢宴。佳期怅何许,泪下如流霰。
有情知望乡,谁能鬒不变?

(南朝)谢朓

《晚登三山还望京邑》是谢朓的传世之作,"余霞散成绮,澄江静如练"尤其有名。这首诗是谢朓被任命为宣城太守之后奔赴宣城路上所作。三山是都城附近的一座山,当时诗人刚刚离开京城不远,写诗寄怀。此时齐明帝新皇登基,谢朓在一定程度上是由于政治斗争的因素被外放,所以心情也格外郁闷,融入诗中成为隐晦的意思。

诗歌大意是写诗人离开京城,在路途上回望这座城池,看到红日西沉,江景美丽。离别之人分外伤感,触景生情,想起以前在这里度过的欢乐时光,不由心中惆怅,泪如雨下。因为不知道此去他乡何时才能重新回来,所以格外忧愁,简直担心会白了头发。

"灞涘望长安,河阳视京县。"诗人站在京城之外,首先想到的是历代和自己有相似遭遇的人物。汉末王粲《七哀诗》有"南登灞陵岸,回首望长安"的句子,西晋潘岳有《河阳县诗》写有"引领望长安"的句子。他们和谢朓一样,都是不得不离开京城,奔赴异乡。借助典故,诗人将前代文人的情感叠加在自己的身世遭际上,王粲的飘零他乡、潘岳的浮萍不定情怀就都落实在谢朓的身上,从而将他自己的身世情怀表达的更加深沉更加令人心碎。

"白日丽飞甍,参差皆可见。"太阳光散射在京城的各个角落,诗人虽然出了京城,但是此时回望高大的城墙和巍峨的建筑,反而觉得参差错落,看得更加清楚和明白。这一回首凝望的形象,也就奠定了诗人的叙述视角,必定是远行之人恋恋不舍。"余霞散成绮,澄江静如练。喧鸟覆春洲,杂英满芳甸。"这四句写诗人极目所见的风景。在夕阳的光辉下,晚霞如同秀绮一样散布开来,铺散在京城和大江之上,令眼前一切风物都格外温暖。长江依旧显得特别清澈,又稳稳地流动着仿佛一条白练。上下天光,相互映衬,真是令人难忘的一幅美景。远近、高低、色差、动静，诗人将此时能够体会到的一切美学效果都纳入进来，让离去之人看到一座最美的城池。江山如此多娇，诗人眼见城外的洲渚满是春色，姹紫嫣红开遍，而花丛之中更有无数鸟儿飞舞鸣叫。

"去矣方滞淫，怀哉罢欢宴。佳期怅何许，泪下如流霰。有情知望乡，谁能鬒不变？"这六句写诗人此时的惆怅与感伤。谢朓不愧是性情中人，写景色并不为山水而来，而是因为胸中有丘壑，怀中有情思，刚刚出了京城，就惆怅着能不能还乡，屡次三番停下脚步不愿意离去，甚至目睹京城晚景更是忍不住双泪横流。明代王夫之称赞谢朓"有性情"，写丘壑能超出一般的山水诗歌，不是单纯地造"景"。数百年之后，诗仙李白也来到附近，睹物思人，同样感到惆怅伤感，就想起谢朓来，他写道："解道澄江净如练，令人长忆谢玄晖。"

从全篇结构上来看，谢朓写景、写情融为一体，但又让人觉得景中有情、情中有景，不能相互分离，充满了一个离乡之人深沉的哀思。千载以来，无数文人对此诗称赞有加，可见并非别无缘故。

隐居之乐
——《诏问山中何所有赋诗以答》

山中何所有？岭上多白云。
只可自怡悦，不堪持寄君。

(南朝) 陶弘景

　　陶弘景是中国南朝齐、梁间的重要道家学者，也是有名的炼丹术士。他虽然学问渊博，史称"读书万余卷，一事不知，以为深耻"，但是却"性爱山水，辄经涧谷，必坐卧其间，吟咏盘桓，不能已已"。尽管陶弘景一心隐居，但在皇室那里却始终颇受敬重。年轻时候，齐高帝就任命他为诸王侍读，不过，他"虽在朱门，闭影不交外物，唯以披阅为务"。到齐梁更替之后，梁武帝对他更是敬重有加，国家每有吉凶征讨这样的大事就一定会派人前来征求他的意见，有时候甚至一个月内好几次求问，以至于"时人谓为山中宰相"。

这首诗便是陶弘景回复齐高帝萧道成一道诏书时所作，表达了诗人隐居山林，心中所乐不足为外人道的情怀。诗歌采用问答的方式书写，一问一答。皇帝下诏询问说，你在山中隐居，那里有什么好呢？意思是不如出山为朝廷效力。陶弘景则回答说，岭上有白云，我在这里过得很愉快，但是这些东西却很难赠送给皇上。据说，齐高帝看到这个回复之后，不但没有怪罪他还相当喜欢。

陶弘景的这首诗与魏晋南北朝时期的思想氛围有关系，当时人们常有"言意之辩"，即语言到底能否充分表达意思？陶弘景是道家学说的重要代表，在一定程度上是遵从了《易经》的宗旨。《易传·系辞上》云："子曰：书不尽言，言不尽意。"然则圣人之意，其不可观乎？子曰："圣人立象以尽意。"在魏晋之际，人们基本上有三种不同的意见。一是以荀粲为代表的言不尽意说，二是以欧阳建为代表的言尽意说，三是以王弼为代表的得意忘象（或得意忘言）说。陶弘景用"岭上多白云"来回复皇帝的诏问，是用语言回答了问题，但是又没有明确阐释个人的意思，而是通过"立象"的方式陈述了自己的"意"，这就给人留下了很大的阐释空间。

纵观全诗，虽然短小，但却精妙。诗人不但将山中的隐居情形略微叙述出来，而且还给读者留下了无尽的玄思空间。至于隐居山野到底有什么快乐，他没有直言，但是似乎所有人又都能感受得到他的那一份"怡悦之情"。

辑二 世外寻桃源
魏晋南北朝

清净玄思
——《入若耶溪》

艅艎何泛泛，空水共悠悠。
阴霞生远岫，阳景逐回流。
蝉噪林逾静，鸟鸣山更幽。
此地动归念，长年悲倦游。

(南朝) 王籍

《入若耶溪》是南朝梁代诗人王籍在浙江绍兴游览若耶溪时写的一首山水诗，其中"蝉噪林逾静，鸟鸣山更幽"两句诗如今已经成为妇孺皆知的名句。

诗歌开篇便将乘舟游览的情形直接道出。"艅艎"原来是吴王的船舰名称,后来泛指大船。唐代陆龟蒙诗云:"长鲸好鱠无因得,乞取艅艎作钓舟。"在这里可能指的就是一般的游船。"何泛泛"和"共悠悠"将诗人在船上的游人心态写得格外鲜活,有点优哉游哉的意思,而这种游人的普遍心态又恰恰最能与读者产生心灵上的共鸣,我们读了之后立即能够体会到他的心理状态。这是一种怎样的心理状态呢?就是比较放松、自然、惬意、舒适。所以,诗人能够领略自然风光里的细节,去体悟其中含有的机趣。

在这种轻松的心态下,他就觉得那霞仿佛是从远山中生发出来的,而不是在天空上出现的。这阳光灿烂的景色似乎也在追逐着流水,伴随着自己的游船,而不是自己在纵舟游览了。"生"和"逐"两个动词用的尤其好,简直堪称"诗眼",因为这一下子让诗歌动起来,不再仅仅是一幅山水画,而更像是如今的风景片。读者读到这里,不仅仅是如在眼前,而且简直如同身临其境,能够感受到自然的动静变化。

这种动静变化在"蝉噪林逾静,鸟鸣山更幽"中表现得更加明显。王籍这首诗之所以能够千古流传,很大程度上正是因为这两句诗的存在。诗人不是纯粹地在描写山水之中的静谧之态,而是用对比的手法,让鸣蝉的聒噪声去衬托林间的安静,用鸟儿的啁啾鸣叫去显衬山间的幽谧。一动一静,但是却更显幽静。心情闲适的诗人在此游览,他用这样活泼灵动的意象来表达自己对若耶溪环境的感受,起码有三个方面的好处:第一,心境活泼,环境也就活泼,不至于让若耶溪成为空谷幽兰式的存在。这是人们可以感受、可以接触的美景。第二，扫除刻板书写山水的方式，让山水成为活动的山水，而不只是"画"中的山水。第三，前后两句用蝉鸣、鸟叫共同来衬托林静、山幽，形成一种互文结构。不应该单独分开理解，而是应该理解为蝉鸣鸟叫显得山幽林静，并非林中只有蝉鸣，山中只闻鸟叫。

在这样的闲适中，当时做着参军的王籍不由动起辞官归隐的念头，想要永远享受这安谧的氛围了。"此地动归念，长年悲倦游。"这一刻领略的闲适，可以抵得上多少年来的辛苦。过去的各种辛苦，让自己身心疲倦，而这若耶溪上的一次游览，就足以将其扫除。如果能够长年居住在此，那该有多好。在这样的感慨中，全诗结构谨严地收束成篇，自然而又亲切。

帝王别思
——《采莲曲》

晚日照空矶，采莲承晚晖。

风起湖难渡，莲多采未稀。

棹动芙蓉落，船移白鹭飞。

荷丝傍绕腕，菱角远牵衣。

(南朝) 萧纲

《采莲曲》是汉代乐府诗歌题目，又称为《采莲女》、《湖边采莲妇》等，内容多为书写江南一带美丽风光以及少女采莲的情景。萧纲是南朝梁代简文帝，颇有文采。他当年制作《江南曲》七弄，包括《江南弄》、《龙笛曲》、《采莲曲》、《凤笛曲》、《采菱曲》、《游女曲》和《朝云曲》。其中，《采莲曲》流传颇广，唐代李白、白居易等人都有仿作。

这首诗歌描画了一幅傍晚时分的采莲图景，全篇不见人物出现，但又处处可见人物身影，写得颇为活泼可爱。身为帝王，萧纲能够有此情趣，当然显得很不简单。

"晚日照空矶"开篇非常抢眼。矶是水边的石头。夕阳照耀在水边的石头上，一下子就让人感受到水天一色的风情，整个境界豁然开朗，令人感到风生水起、四野在望。"采莲承晚晖"固然是说时间节点，但是一个"承"字又让人觉得境界不俗，有一种天地英灵尽在此时的感觉。接下来的两句写采莲辛苦，湖上起风容易有浪，在这样的情形下，采莲女仍不得不工作，相当不容易。随着船只不断向莲藕深处移动，有些莲花被触碰掉落在水中，一些白鹭也被惊动地飞了起来。李清照词有"惊起一滩鸥鹭"的句子，这两者的境界相当近似。船只分水而行，莲花飘落、白鹭飞起，动静结合，上下一体，描画出一幅非常美妙的立体画面。末尾两句更是用相当写实的细节刻画出采莲人的情态，因为伸手去采莲，所以手腕缠上了藕丝，而水中的菱角也不时挂住长长的裙裾。

纵观全篇诗歌，没有一处直接写人，但我们却可以看得到甚至听得见采莲女划船的声音、相互招呼的声音、采莲的动作、触碰莲花的情形，乃至于她们从手臂上去掉荷丝、将衣服从菱角上摘下来的动作，也都一一宛在眼前。

萧纲少年便有作诗才华,六岁就能够写文章,当时人称他写的诗歌为"宫体诗"。这当然一方面是因为他的身份,此外则是因为诗歌的题材和风格。清人沈德潜批评他,"惟以艳情为娱,失温柔敦厚之旨",但也有人强调他的诗歌描情绘景细致入微。从这首诗歌中,读者应该比较能够体会到他的清艳风格和善于描画细节的特点。

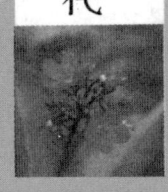

辑三 / 田园有真趣——隋唐五代

隋唐五代是中国诗歌史上的黄金时代，也是中国政治社会史上的黄金时代。在这一阶段，前有王维、李白、杜甫，后有杜牧、李商隐，更有无数的名家出现。此时的文人意气风发，追求出将入相，建功立业的心态非常炽烈。但是，他们又能够以豁达的心态对待命途多舛的个人遭际，在田园风光中寻求解脱与超越，写出了中国诗歌史上最好的一部分田园诗。

闲情逸致
——《过故人庄》

故人具鸡黍,邀我至田家。绿树村边合,青山郭外斜。
开轩面场圃,把酒话桑麻。待到重阳日,还来就菊花。

(唐)孟浩然

孟浩然《过故人庄》是一首写乡村田居生活的诗歌,朴质而清淡,写出一幅怡然自得的农家乐风情画卷。前人品评孟诗说,"清姿淑质,风神掩映,乃在淡若无意之中","初读无奇"但再读就会感到"齿颊间有余味"。

过,是访问、拜访的意思。这首诗写诗人应朋友的邀请,来到其村舍里做客的事情。时间上应该是夏收之时。诗人从朋友那里得到讯息，请他抽空前来拜访。这一日，诗人终于觅得闲暇，趁着天气凉爽赶到朋友家中。朋友为了这次来访精心准备，又是下厨房烧鸡做菜，又是拿出新收获的粮食做饭，极尽招待之能事。要说朋友的这一处住所，环境可以说相当不错。绿树环绕着村落分布，村内村外都是青翠之色，以至于村子掩映在绿树之中。从这翠绿之色中遥遥望去，则看见一脉青山在城郭之外斜向而行。诗人和朋友打开门窗坐在客厅里，透过门户看着铺满粮食的打谷场，一边把酒言欢一边随便聊些农事家常。大家许久不见，聊得如此开心，如此投契，于是当场约定，等到九月九重阳节，我再来你这里，咱们一边喝酒一边赏菊。

这首诗是一则五言律诗，结构上非常清晰，叙事非常明确，就是写诗人为什么来访，来了之后看到什么，做了什么，又是怎样结束了这次拜访。每一联对应一种功能，层层递进，按照时间顺序讲明了"过故人庄"的前后因果。初看起来，诗歌确实显得平淡无奇，但唯有反复思量，认真品读，我们才能看出淡若无意之中的"风神"之韵。第一，诗人表面上只是叙事，写做了什么，看到了什么，但是却巧妙地把人情风味融入其中。诗歌就犹如一幅画卷，清纯质朴地呈现出乡居的特色和况味。第二，景深层次特别好。诗人坐在屋内，近看场圃，远看绿树、青山，不但富有层次感，而且有融贯的感觉，这景色不是独立的，而是串联在一起的。读诗人是一旁观者，自然可以想见得出孟浩然如何坐在内厅之中遥遥远望的情形。唐诗专家林庚先生就说,"绿树村边合,青山郭外斜"这两句"不但写出了层次分明的近景和远景,而且围绕着村落的绿树与斜倚在绿树外的青山,正是相映成趣地表现为一种和谐而单纯的美"。第三,短短一首五言律诗,不过四十个字,却蕴含着过去、现在、未来三重时间界定。这就令诗歌别有一种西方文论所谓的"时间性",读者不但能够看到这一瞬间的艺术呈现,而且能够想象得到孟浩然与朋友相约来访时的言笑场面和将来重阳相会之时把酒言欢的情形。这就赋予诗歌一种历史性的厚度,而不仅仅是单纯的场面描写。在琐碎的场面描写之中,也就寄予了诗人的回忆和遥想,令这次村居相会显得更加有情趣、有意味。

牧童晚归图
——《渭川田家》

斜阳照墟落,穷巷牛羊归。野老念牧童,倚杖候荆扉。
雉雊麦苗秀,蚕眠桑叶稀。田夫荷锄至,相见语依依。
即此羡闲逸,怅然吟式微。

(唐)王维

王维,字摩诘,人称"诗佛",是初唐代表诗人。宋人苏东坡评价王维说,"味摩诘之诗诗中有画,观摩诘之画画中有诗"。宋人阮阅编《诗话总龟》认为,画圣顾恺之"善画而不能诗",诗圣杜甫"善作诗而不能画","从容二子之间者。王右丞也"。《渭川田家》体现了王维作品的一贯风格,即"诗中有画,画中有诗",

将诗情和画意融贯一体。

这首诗是王维晚年作品，通过描绘田园风光，表达了作者希望摆脱官场和世俗羁绊，渴望归隐田园，过上轻松惬意、自由自在日子的情趣。

"斜阳照墟落，穷巷牛羊归。"天色向晚的时候，总是农人归家的时候。这时候，夜色从大地上升起，渐渐遮住了光明的天空。暮色四合，即将沉入地平线的夕阳将最后一抹橙色光线挥洒在村落里的矮墙上，而在矮墙之间，则是顺着巷道缓缓归栏的牛羊。这是一幕令人感到温馨而亲切的画面，牛羊之后必有牧童，牛羊之前必有家人。家人期待着外出的孩子平安归来，孩子们则翘首远望徐徐升起的炊烟，在那矮墙之后，或许是简陋而便宜的家具，但却有爱意满满的家人守着热气腾腾的饭菜，等着你回来。

"野老念牧童，倚杖候荆扉。"眼看天色转暗，村里的老人已经耐不住性子，拄着手杖来到门口。他们心里念叨着出外牧牛、放羊的小孙儿，斜着身子站在门口，翘首以待。夜色已经让柴门的下端开始失去光泽，而门的上端还在夕阳光照中折射出白色的光，那一道道年深月久的条纹里呈现的不只是一日的光线，更是家人对在外亲人的殷切思念。这些老人就那么站在那里，彷佛一阵风就会吹倒他们瘦弱的身躯，但是看着他们的胡须飘飘，看着他们的衣衫委地，当牧童真的归来之时，两个灿烂的笑容就会出现。

"雉雊麦苗秀，蚕眠桑叶稀。"此时此刻，诗人突然听见有野鸡的叫声，在炊烟徐徐升起，暮色缓缓降落的时候，这样的声音显得如此清脆，又显得如此生动。这一声天籁打破了宁静的村野图画，让整个画面开始变得浮动起来。诗人突然想到，这正是麦苗抽穗的时候，一切春意盎然之处都在这时候开始萌动。村庄四周的桑树刚刚开始适应这新的节气，叶子稀稀疏疏，那些靠吃桑叶为生的蚕宝宝此刻还在酣睡。动与静，就在这样的环境中纠缠交错，生命的气息就在这里平实而稳定地蔓延。

"田夫荷锄至，相见语依依。"到了这个时候，在田地里辛苦操劳一天的农夫也都纷纷回家了。他们扛着锄头，拿着各种农具，陆续在村口相遇。张家大哥，今年雨水不错，看样子丰收有望啊！李家大哥，你说得有道理，我看今年秋天又能添上一头小牛啦！大家讨论几句农事，随口就说起儿女的婚事，家常琐事颠倒来颠倒去，每天都说但从来也没个够。今天在村口相遇，说不定明天就在一起喝上酒了。一顿酒下来，没准孩子的婚事也就定下来了。大家总是偶然相遇，依依惜别，一股真情在朴实的言语中洋溢而出，令诗人感到陌生新奇而又温暖舒服。

"即此羡闲逸，怅然吟式微。"诗人看到眼前这一派闲适安逸的场景，不由心中惆怅，不知不觉默默吟诵起《诗经》中的《式微》这首诗歌来。"式微，式微！胡不归？微君之故，胡为乎中露？式微，式微！胡不归？微君之躬，胡为乎泥中？"诗歌的大意是说，因为"君之故"，自己不致遭遇着露水侵犯、深陷泥泞之苦，不由感慨为什么不归去。"式微"一词的字面意义是"天色将暗"，即天就要黑了的意思。诗人因为看到日暮之时村落野住的闲适和惬意，想起自己身在官场的身不由己和各种烦忧，自然难免心生去意，想要归隐田园，做一个每日里含饴弄孙的"野老"和"田夫"。

这首诗歌用词简朴，充满口语况味，而且用名词较多，给读者的想象空间比较落实。一旦读完全诗，一幅村居图就会如在眼前。前面八句写村野风光，后面两句则是诗人借景抒情。这一方面可以视为是承续，另一方面也可以视为转折。承续是指，诗人对村居生活的羡慕；转折是指，"闲逸"之景反衬出诗人真实生活的不如人意。

塞外鳜鱼肥
——《渔歌子》

西塞山前白鹭飞，桃花流水鳜鱼肥。

青箬笠，绿蓑衣。斜风细雨不须归。

（唐）张志和

张志和是中唐诗人，安史之乱后隐居山林，泛舟垂钓，不再以政事为念。这首《渔歌子》就是写他隐逸生活的代表作。诗人不但写诗，还擅长绘画。著名书法家颜真卿和张志和交情不错，甚至为他新造了一艘"蚱蜢舟"也就是所谓小船供他泛游三山五湖。在为张志和书写的碑文中，颜真卿如此记述，"性好画山水，皆因酒酣乘兴，击鼓吹笛，或闭目，或背面，舞笔飞墨，应节而成"，从中可见其风采。事实上，《历代名画记》记载，张志和写完《渔歌》之后，就将其绘画成图，"甚有逸思"。

张志和《渔歌》共有五首，分别写西塞山、钓台、雪溪、松江和青草湖，每一首都写渔夫的隐逸生活。《渔歌子》为第一首。一些古典著作认为，这组诗歌是张志和在与颜真卿聚会时所作，而且在场人士也都写过同名诗作。不过，由于张志和在诗歌的第三句别开生面地使用了"三三"句式，这就让《渔歌子》成为目前所见最早的同名"唐词"，不再被一般性地视为唐诗。

"西塞山前白鹭飞，桃花流水鳜鱼肥。"几乎所有隐士都有一个梦想，即找到一处仙山圣水，远离人间烦忧，安安静静地聆听天籁吐纳天地真气。不过，从陶渊明《桃花源》开始，隐逸诗歌中出现一派写作方法，即赋予隐居地以浓郁的生活气息。想象一下，美丽的西塞山葱葱郁郁，上有白鹭飞过，下有桃花流水，天上白鹭纯洁清丽，水中鳜鱼肥美。这是多么令人向往的山中之乐？晚唐诗人皮日休曾作《西塞山泊渔家》诗写当地生活情境，"中妇桑村挑菜去，小儿沙市买蓑归。西塞山前终日客，隔波相羡尽依依"。从这种浓厚的生活气息中，我们可以想见，当那白鹭挥展开洁白干净的双翅，在蓝天白云之下清流急湍之上飞过渔夫的小船，他是多么欣喜。白鹭向来被视为是仙家禽鸟，这种场景也就难免带有以仙人自况的语气，而成仙得道不正是隐逸之人最高的境界么？至于桃花流水而鳜鱼肥美，就更让这隐逸生活多了一份甜美，清香弥漫于四野，风景延展于四方。

"青箬笠，绿蓑衣。斜风细雨不须归。"诗人隐逸于乡野，自然穿着打扮也就入乡随俗。他穿戴用竹篾、竹叶编就的斗笠和衣服，站在小船上，看着眼前的西塞山不由思绪万千。从古至今，有多少人为了功名利禄奔波一生，结局也各有差别，有的封爵拜相，有的身首分离。诗人经历过安史之乱，眼见官场变迁，人情冷暖，已经决意放弃官场，在这山野之处终了此生。即便有些微风细雨，那也不要紧，有这青箬笠绿蓑衣就足以遮挡。那些朝廷的职位已经不能吸引他再去回归官场，只有这桃花流水鳜鱼肥的西塞山，才是他目前最看重的心灵家园。

除了这组《渔歌》，张志和另有《渔夫》律诗一首描绘自己的隐逸生活。诗云："八月九月芦花飞，南溪老人垂钓归。秋山入帘翠滴滴，野艇倚槛云依依。却把渔竿寻小径，闲梳鹤发对斜晖。翻嫌四皓曾多事，出为储皇定是非。"由于山野生活实在太过快意，诗人甚至于要埋怨那曾经出山参与张良劝谏汉高祖改立王储的四个贤人了，仿佛他们根本就不该出山多管闲事。如果他们一直在山间日日垂钓而归，不也是一桩美事么？

《渔歌》在当年相当有名气。《历代名画记》、《唐代名画录》等古代典籍都曾提及同名诗与画，但或许是因为时逢战乱，这组诗歌并没有得到很好的传播。唐朝宪宗皇帝当年因为仰慕张志和名声，下令访求《渔歌》但是始终没有见到，结果让人特地绘制一幅张志和的画像并题字表达遗憾心情。以皇帝之力,尚且不能轻易搜罗得到,可见当时已经很少有人能够有机会阅读这些诗歌。唐朝宰相李德裕后来有幸读到《渔歌》五首非常高兴,他写文章记录此事,说"今乃获之,如遇良宝"。宋朝时候,《渔歌》似乎传播不广,很多人都见不到,但名声却依旧响亮。苏东坡似乎见到,并感慨曲调没有流传下来,于是他填写《浣纱词》一首向前辈致意:"西塞山边白鹭飞,散花洲外片帆微。桃花流水鳜鱼肥。自庇一身青箬笠。相随到处绿蓑衣。斜风细雨不须归。"北宋黄庭坚当时看到十五首《渔父》词误以为是张志和所写,用心书写一遍,而几十年后南宋高宗皇帝见到黄庭坚的书法作品非常高兴,还立即写下和词十五首赐给宠臣。

百兽逍遥
——《商山麻涧》

云光岚彩四面合,柔柔垂柳十余家。
雉飞鹿过芳草远,牛巷鸡埘春日斜。
秀眉老父对樽酒,茜袖女儿簪野花。
征车自念尘土计,惆怅溪边书细沙。

(唐)杜牧

杜牧字牧之,是晚唐有名的诗人,与李商隐并称"小李杜"。清人沈德潜云,"晚唐诗多柔靡,牧之以拗俏矫之,人谓之小杜"。这首诗写诗人在一个春日途经陕西商州的麻涧,于此何所见、何所闻、何所思、何所为,借助于远景近景、外景内景的综合书写方式，娓娓动听地叙说了一片郊野风光。

这一天，诗人从外地返回京师长安，路经陕西商山麻涧这个地方。此地距离商州城大约五十里地，山高路险，因为适合种麻而得名。此时春日景明，芳草萋萋，诗人决定在此略微停车小憩。春天的云彩总是那么鲜亮，在蓝天碧野之间显得格外清秀、格外纯洁。这高空的云彩与山间的雾气相互掩映，互相参差，几乎看不出来是云还是雾，将山谷从四面包围起来，仿佛是坐在井中观天一般。

就在这雾气迷蒙之间，可以遥遥看到一排排垂柳在春风中轻轻摇动，虽然不是二月，但那春风依旧如同剪刀将一丝丝柳条细致地裁剪开来，成为一道美丽的风景。垂柳之间有房屋、有炊烟、有牛马、有小路，十余户人家就这样参差错落地居住在这里。诗人站在车边，遥遥望着那边的景色。偶然有野鸡和小鹿从芳草地上匆匆跑过，或许还突然驻足顿首瞧瞧诗人，但一看是陌生人就赶紧往远处逃奔了。时间也不早了，日头开始斜斜地落下去，缕缕阳光顺着柳丝斜挂下来在矮墙上流淌。几头牛在牧童的驱赶下，顺着砖石铺就的小巷慢悠悠地往家里走。几只家养的土鸡站在鸡窝上，叽叽咕咕地叫唤着，仿佛是呼朋引伴要享受最后的日光，又仿佛是在呼唤离家未归的小鸡仔赶紧回巢休息。

村中有好客的老人家看见诗人在这里小憩，就邀请诗人一起过来喝杯家酿的甜酒。老人家虽然年纪不小，但是看上去却是童颜鹤发，怡然自乐。人生得意须尽欢，莫使金樽空对月。诗人一时间放下心中的牵挂和愁苦，就和老人对坐在石头垒就的小桌边，划拳敬酒，尽享一时欢快。老人的小孙女正值豆蔻年华，正所谓豆蔻梢头二月初，聘聘袅袅一佳人。她看到有客人来，格外高兴，又是给客人敬酒，又是给爷爷捶背。当大人们把酒言欢的时候，她就跑到附近去采摘野花，不时将那些或紫或红的鲜花插在头发上，逗引得两人开怀大笑。

身居如此乡村，真有不是仙境胜似仙境的感觉，诗人都有点不想离开这桃花源了。他决定今晚在此暂宿一晚，第二天再出发。可是呢，看着眼前的美景，喝着杯中的美酒，他这奔走在征途中的人突然忍不住悲从中来，为自己的日夜奔波而感到哀伤。想想那些总也忙不完的公务，想想那些仿佛永远处理不明白的杂务琐事，诗人未免惆怅不已。当夜色从矮墙、垂柳中逐渐升起的时候，村边的小溪也泛起一种金黄色的忧郁色调，引动得诗人来到这里，在溪边的细沙上轻轻地随手写下惆怅的诗行。

杜牧其实是一个颇为矛盾的诗人，他有一段诗论说，"诗者，可以歌，可以流于竹，鼓于丝。妇人小儿，皆欲讽诵。国俗厚薄，扇之于诗，如风之疾速。尝痛自元和已来，有元白诗者，纤艳不逞，非庄士雅人，多为其所破坏。流于民间，疏于屏壁，子女父母，交口教授，淫言媟语，冬寒夏热。入人肌骨，不可除去。吾无位，不得以法治之"。这段话批评元稹、白居易诗歌写作太流俗太纤丽，可实际上他自己却也写出不少"十年一觉扬州梦，赢得青楼薄幸名"

这样的艳丽诗句。《商山麻涧》属于诗人比较"正派"的诗歌,也是唐人诗歌中比较常见的行旅之作。因为看到路途中的美丽风景和安逸生活,想起自己操劳奔波,未免略生惆怅。所见所闻与个人生活形成一种对照,更显得这里的生活充满田园之乐,而自己的生活则让人惆怅不已。诗人只是一个旅客,注定与此地没有长久的缘分,只能享受这片刻之欢,第二天就只能继续为生计而奔波,这就让诗歌在对比中展现出一种朦胧的伤感。

渔翁散歌
——《渔父歌》

> 白首何老人，蓑笠蔽其身。避世长不仕，钓鱼清江滨。
> 浦沙明濯足，山月静垂纶。寓宿湍与濑，行歌秋复春。
> 持竿湘岸竹，爇火芦洲薪。绿水饭香稻，青荷包紫鳞。
> 于中还自乐，所欲全吾真。而笑独醒者，临流多苦辛。
>
> （唐）李颀

李颀是唐玄宗开元年间进士，《唐才子传》将他归为"巴蜀七才子"之列，并说他"性疏简，厌薄世务。慕神仙，服饵丹砂，明轻举之道，结好尘喧之外。一时名辈，莫不重之。工诗，发调既清，修词亦秀，杂歌咸善，玄理最长，多为放浪之语，足可震荡心神"。这首《渔父歌》倒是颇合以上评论。全诗描绘了一位隐居江滨的何姓老人,传递出作者对隐逸之乐的向往和仰慕之情。

以"渔父"为隐逸象征的传统由来已久,最早可以追溯到姜子牙垂钓,而庄子、屈原、陶渊明等人也都先后以此题材写作文学作品。渔父因此成为一种浪迹天涯,不和世俗同流合污的人格意象。从结构上看,这首诗可以分为四个部分,每四句为一层,分别讲述何姓老人生活的一个方面。

起首四句开篇明义,确定何姓老人的隐逸身份。他一头白发,望之仿佛是仙人下到凡间,平常只是穿着蓑衣戴着斗笠,很少见他穿着其他衣服。人们对他并不是特别了解,似乎他来无影去无踪。人们只知道,他很久以来就隐居在这里,从来不过问世俗事物,也没有想过要去做官以求显达。人们只知道,他总是在这清丽的水滨撒网打鱼,有时候垂钓,一坐就是一天。这四句仿佛是绘画中的素描,简单地勾勒出老人的外部形象,以及其为人处世的风格。

接下来的四句写老人生活常态。这样一位老者,人们或许会以为他是家境富裕,所以在此闲居。但实际上,他的日子过得相当简单,但是却清新飘逸。他常常在明月光之下就着清冽的江水洗脚,犹如古时候的贤人一样,生怕世间的俗物玷污了自己的耳朵。当月色明亮的时候,他就持着钓竿安安静静地在江边垂钓。要说他住的地方,其实每天就在江边随便居住,也没有见到什么格外特别的房屋。这样看起来,他过得简直是太辛苦了。可是即便如此,人们却发现,他仿佛很是快乐,绝少烦忧,不论春夏还是秋冬,人们总能听到他纵情歌唱,悠闲快活非一般人可比。

"持竿"四句用工笔细描的方法写何姓老人的日常饮食。"持竿湘岸竹,爇火芦洲薪。绿水饭香稻,青荷包紫鳞。"他从岸边的竹林里砍竹子做钓竿,从芦花荡里找来芦苇做柴火,用碧绿的江水煮香软的稻米,用青翠的荷叶包着新鲜的鱼烧熟。他用的都是天然的材料,过得也是天然自由的生活。

结尾四句总结概括何姓老人的隐逸观念,并以老人的视角对那些以"众人皆醉我独醒"自居的人表示质疑。何姓老人的生活或许看起来有些艰辛,但是他之所以这样做,不过是为了保持自己的品性。在老人看来,那些自以为"举世混浊我独清"的人,不过是徒然哀叹的人罢了,他们并不能完全恪守自己的内心需求,而是为俗世所牵绊的人。

纵观全篇,李颀通过对一个隐逸老人的描画,间接表明了自己的隐逸观念。就写作形式而言,他几乎是化用了屈原的《渔父》并多处使用原作中的词语,诸如"独醒"等。不同之处在于,李颀在诗歌的最后两句中变换了叙述者的角色,而是以渔父本人的口吻发出声音,使诗歌格外增加了一种节奏感。

暮秋孤独

——《余干旅舍》

摇落暮天迥,青枫霜叶稀。

孤城向水闭,独鸟背人飞。

渡口月初上,邻家渔未归。

乡心正欲绝,何处捣寒衣?

(唐)刘长卿

这首诗是刘长卿在寓居江西余干时写的一首怀乡之作。诗歌通过写余干的山水风物,传达出一种孤寂伤感的情绪,在对异地他乡田园的感喟中,道出诗人对自己故乡田园的思念之情。

诗歌首联两句为全诗定下哀愁的调子。已经是晚秋了,草木纷纷开始凋谢，叶子缓缓地在秋风中落下。在这样一个薄暮里，诗人在旅舍里客居，心中分外苦楚。他抬头去看那秋日的天空，仿佛格外苍茫，格外遥远。万里长天，什么时候才能回到自己的家园，什么时候才能不再漂泊？旅舍外面的枫树，已经在寒霜的打击下变得疏疏朗朗，没有什么叶子了。这两句诗的关键在于"摇落"二字。《楚辞·九辩》云："悲哉秋之为气也，萧瑟兮草木摇落而变衰。"曹丕《燕歌行》云："秋风萧瑟天气凉，草木摇落露为霜。""摇落"一方面表明有秋风摇曳，草木不能稳定，另一方面又表示衰颓之气。这就为整首诗歌的基调打下了基础。

颔联写孤城、独鸟，其实在衬托诗人"独居他乡为异客"的心情。余干城孤零零地坐落在这里，向着水面关闭了城门。这个时候已经快要入夜，城门关闭之后，外面的人进不来，里面的人出不去，城市就彷佛是一个孤独的所在。那最后一抹余晖照耀在城门上，显得庄重然而又有一些无可奈何的凄凉。一只鸟儿不知道从哪里飞来也不知道飞往哪里去，但是却背对着诗人所在的地方，遥遥地向着苍茫无边的天际飞去了。诗人用景物来为自己营造出一个孤独的空间，也是为了衬托自己的孤寂。从那孤城和独鸟之中，我们能够体会得到一个静寂无声的地方，站着一个孤独的旅客，会是什么心情。元曲里有"夕阳西下，断肠人，在天涯"的句子，刘长卿此时心中所感或许差不多与此相同。

颈联两句写邻居的情况。首先需要注意的是，和前面四句相比，这个时候时间已经更晚了，但是诗人却没有睡觉。中宵不能寐，起坐立踟蹰。他一个人在旅舍里，对家乡的思念对事业的烦忧都让他难以入眠，所以才会左顾右盼，看看别人在做什么。本来想到稍微熟悉的邻居家略坐一会儿，结果发现人家打渔还没有回来。兴致勃勃地来，却不能尽兴而返，那种失落的心情想必所有人都能领略的到。

尾联两句收束的格外精彩。在唐代有许多用"捣衣"也就是洗衣服来表示家乡的诗歌，比如李白的"长安一片月，万户捣衣声"就被王夫之认为是天纵之才。诗人徘徊了许久，终于觉得有些累了，想要就此睡去，希望可以这样排解乡愁，结果却听见不知道哪里传来一阵洗衣服的声音。这样一来，本来就要断绝的乡愁不可避免地又重上心头：在遥远的故乡，老母亲和妻子说不定也在洗衣服，那捣衣声可是千里万里之外也没有什么不同的。施蛰存认为，这一句精彩就精彩在"正欲"二字上，读者很容易就能体会到那种心情，但是如果想用文字说明白这种感觉就不得不大费周章。

《唐才子传》说，刘长卿"清才冠世，颇凌浮俗"，但是因为"性刚，多忤权门，故两逢迁斥，人悉冤之"，仕途并不顺畅，所以仕宦生涯几乎总是在不同的地方流寓，这样就导致他长期客居他乡。就诗歌写作来说，刘长卿"诗调雅畅，甚能炼饰。其自赋，伤而不怨，足以发挥风雅"，而五言诗歌尤其精彩，以至于同时代的权德舆称他为"五言长城"。刘长卿自己也颇为自负，"每题诗不言姓，但书'长卿'，以天下无不知其名者云"。《余干旅舍》这首诗歌在当时就广为传诵，为人喜欢。张籍曾写过一首《宿江上馆》，几乎全篇模仿刘长卿的诗意："楚驿南渡口，夜深来客稀。月明见潮上，江静觉鸥飞。旅宿今已远，此行殊未归。离家久无信，又听捣寒衣。"

山中清景

——《寄全椒山中道士》

今朝郡斋冷，忽念山中客。涧底束荆薪，归来煮白石。

欲持一瓢酒，远慰风雨夕。落叶满空山，何处寻行迹？

（唐）韦应物

韦应物是唐代诗人中一个颇有传奇色彩的人物。十五六岁时候，他做皇家的护卫军，每当唐玄宗、杨贵妃出外游玩的时候他都会出现在仪仗队中。到了安史之乱，他才开始读书、作诗，并因此成为中唐代表性的诗人，比他略晚的白居易就曾写信给朋友元稹竭力称赞他的诗歌，认为韦应物在世时候人们对他重视不够："其五言诗又高雅闲淡，自成一家之体。今之秉笔者，谁能及之？"

《寄全椒山中道士》写诗人到山中拜访道士朋友却没有遇到的情况,诗风清淡闲适。其实,韦应物的古诗、律诗大都清淡闲适,继承了陶渊明、王维、孟浩然的风格。

首联两句写缘由。今天早晨起来,感觉官衙里非常寒冷,于是就想起山中的朋友来了。这两句看起来简直清淡之极,但却别有深昧。什么样的人在天冷的时候会想起自己呢?唯有真正的朋友和知己才会这样。韦应物正是因为和这位道士交情不错,才会在此时想起去探望。

颔联和颈联分别写道士的生活和韦应物的慰问行为。道士一向都是在山涧中随便打柴,收拾一下带回观中煮茶喝。这次拜访,诗人特地带来一壶好酒,想要送给友人,让他喝杯热酒,以便度过这风雨飘摇的日子。今天早上尚且如此寒冷,等到傍晚估计还会更冷一些,那个时候喝上一杯温酒,一定非常惬意。

尾联则写拜访不遇。道士朋友隐居山中,一向来无影去无踪。就算诗人想要拜访,也不知道该怎么去寻找他。贾岛有一首《寻隐者不遇》描述了类似的情形:"松下问童子,言师采药去。只在此山中,云深不知处。"不过韦应物用"落叶满空山",更能表现出一种特别的气氛,和贾岛相当不同。

苏轼很喜欢韦应物这首诗,曾经尝试模仿但不太成功。《许彦周诗话》载:"韦苏州诗:'落叶满空山,何处寻行迹?'东坡用其韵曰:'寄语庵中人,飞空本无迹。'此非才不逮,盖绝唱不当和也。"施补华《岘佣说诗》说:"《寄全椒山中道士》一作,东坡刻意学之而终不似。盖东坡用力,韦公不用力;东坡尚意,韦公不尚意,微妙之诣也。"实际上,"落叶满空山,何处寻行迹"这两句几乎是公认的神来之笔。北宋洪迈在《容斋随笔》中说,"结尾两句,非复语言思索可到。"清代沈德潜在《唐诗别裁》中说,这两句"与渊明'采菊东篱下,悠然见南山',妙处不关语言意思"。两人的评价都点明了韦应物诗歌的自然之趣。

春耕禾苗长
——《观田家》

微雨众卉新，一雷惊蛰始。田家几日闲，耕种从此起。
丁壮俱在野，场圃亦就理。归来景常晏，饮犊西涧水。
饥劬不自苦，膏泽且为喜。仓廪无宿储，徭役犹未已。
方惭不耕者，禄食出闾里。

(唐) 韦应物

清代诗歌名家沈德潜称赞韦应物"诗品高洁"，并引用朱熹的话称他"无一字造作，气象近道，真可传人也"。这首《观田家》被沈德潜收入其编汇的《唐诗别裁集》五言古诗部分，并在诗后加注说，"韦诗至处，每在淡然无意，所谓天籁也"。所以，苏东坡说，李白杜甫之后，"诗人继出，虽间有远韵，而才不逮意"，但是韦应物却能够"寄至味于澹泊，非余子所及也"。

其实，无论是"近道"还是"天籁"，沈德潜都指出韦应物诗歌的一个明显特点，即用词淡然无意，仿佛是随手拈来的词汇，但是在这轻描淡写之间却蕴含着令人深思的东西。《观田家》写唐代农民一年到头辛苦劳作，但是却依然生活艰难，粮食不够吃，赋役没完没了。因此，白居易曾评价韦应物说，"才丽之外，颇近兴讽"。

这首诗歌可以分为三层来理解。前四句为第一层，诗人写眼前之景，并依此展开对农人一年生活的联想。接下来的八句为一层，写农人如何劳作，如何过日子，又如何劳而不获。最后两句为一层，写诗人面对此情此景，不由感慨农人艰辛，发出自我反思的声音。

"微雨众卉新，一雷惊蛰始。田家几日闲，耕种从此起。"一场细雨突然降临，丝丝浸润地落在干涸的土地上。这真是春夜喜雨，"好雨知时节，当春乃发生。随风潜入夜，润物细无声"。早上起来，看到花卉上都沾满了雨露，一簇簇显得比往日要鲜艳许多，而且仿佛沉重了不少。杜甫写春雨之后成都的花卉"晓看红湿处，花重锦官城"，差不多也就是这个感觉。一声惊雷打破了许久以来的平静，春雷到来，也就意味着新的节气轮回开始了。这一天是惊蛰，在古代农事操作中，二十四节气几乎就是农民的工作计划年表。惊蛰是二十四节气中的第三个,意味着冬眠的动物们都从泥土中开始爬出来,而中国大部分地区也就开始了新一轮的农耕。陶渊明《拟古》诗写道,"仲春遘时雨,始雷发东隅。众蛰各潜骇,草木纵横舒"。每逢这个节气,基本上就是万物复苏开始蓬勃生长的时候。自然,这也是农家开始忙碌的时候了。因此,"田家几日闲",好不容易在冬季休息了几天,就又要开始下田耕作了。

一年之计在于春。春季是播种的季节,所有的农民都倾巢而出,不分老幼,不分男女,全部分工劳动,为一家的生计奔忙。"丁壮俱在野,场圃亦就理。"年轻力壮的男人们牵着耕牛扛着锄头扶着犁子来到田地里,该松土的松土,该除草的除草,该播种的播种。整个田野望过去,全是满身大汗的耕作者,没有一个偷懒耍滑的。女人们干不动田地里的重体力农活,却也没闲着,都在家中整理菜园子,种上几样小菜努力改善家人的生活。至于他们什么时候能休息,这可没有具体的时间点。一般来说,他们日出而作,日落而息,"归来景常晏",当田地里的汉子们回家的时候,总能看见柴堆、树木和房屋上面蒙着一层暮色。在回家的路上,他们把牛拉到山涧旁边去喝水,这牛也辛苦一天,农人看着牛饮水想着第二天的活计,这一天也就差不多结束了。

"饥劬不自苦,膏泽且为喜。"尽管农活很辛苦,但是农人自己却不这样想,看着土地在自己的努力下日渐肥沃,禾苗茁壮成长,他们非常开心。不过,尽管自己一年到头这样辛苦努力地劳作，结果却不那么美妙。"仓廪无宿储，徭役犹未已。"看看自家的粮仓，连隔夜的粮食都没有。大部分粮食都要作为地租交给地主，但农人与此同时还要承担着各种徭役，不是去干这样的事就是忙那样的活儿。

看着眼前的"喜雨"，诗人却不由想到秋天之后农人们的苦难日子，心中难免沉痛。虽然孟子说，"劳心者治人，劳力者治于人。"但是想起自己不耕不织却能过着衣食无忧的生活，闲暇时节还可以听听丝竹之乐放松一下，诗人就不由有些惭愧，"方惭不耕者，禄食出闾里。"他知道，自己的俸禄看起来是由朝廷赐予，但实际上都是从这乡间一点点征集上来。这些农人才是自己真正的衣食父母。

从这首诗歌中，我们大体可以领略韦应物诗歌的况味，既闲散冲淡却又有深意。古人称赞韦诗风格说，"盈盈秋水，淡淡春山，将韦诗陈对其间，自觉形神无间"，山水与诗歌融为一体，不分轩轾。《唐诗归》则强调，韦应物写诗虽然"落笔清妙"有"深永之趣"，但是这"清"字却不那么简单，"要有来历、不读书不深思人"，即认为虽然言语散淡但却并非"浅谈"。

春日风物
——《寒食》

> 春城无处不飞花,寒食东风御柳斜。
> 日暮汉宫传蜡烛,轻烟散入五侯家。
>
> （唐）韩翃

韩翃是唐玄宗天宝年间的进士,仕途不顺,但诗名却日渐隆盛,到唐代宗大历年间成为"大历十才子"之一。《寒食》诗写寒食时节都城长安的风景和情事,为今日的人们留下一面了解唐朝日常生活的宝贵窗口。此诗在韩翃生前就已经非常有名。据说唐德宗年间要任命一个负责起草诏书的人,相关机构推荐的人选有两个"韩翃",德宗皇帝直接批示说,"春城无处不飞花韩翃",韩翃就此升任。由此可见此诗当时的影响力。

春日到了，长安城里到处都飞舞着杨花，令人感到新的节气的来临。唐代长安城中杨柳特别多，而唐诗中也就有大量的杨花出现。一直到宋朝，诗人们在题咏寒食清明的时候，都经常提到杨花这个意象。这正是寒食时节，紫气东来，东风吹拂，城里的御柳无不随风摇摆。这里的柳指的是杨柳，唐朝宫中杨柳最多，因此之故，唐诗中凡是关于宫廷几乎无不提及杨柳，如岑参"柳拂旌旗露未干"，又如杜甫"退朝花底散，归院柳边迷"。

"日暮汉宫传蜡烛，轻烟散入五侯家。"所谓日暮，指的是寒食节最后一天的傍晚。寒食节在冬至之后一百日左右。唐朝时，从寒食节到清明节后三日一共七天，是法定的假期，无论官民都会游玩娱乐。不过，寒食节三天禁止用火，人们都吃提前准备好的冷食，故称寒食节。在唐朝，这个假期相当重要，因为只有寒食之后人们才可以重新钻木取火，获得一年的新火种。皇帝会宴请百官。宴会结束之后，朝廷会用新火点燃蜡烛分赐给亲贵大臣，号称"赐新火"。开元年间，三月九日为寒食节，这里写的就是三月十一日。这一天下午，宫廷内侍们会把朝廷赏赐的"新火"分送到贵族大臣们的家中，所以人们会看到一路轻烟散入"五侯"家中。所谓"五侯"使用的是汉代的典故，西汉成帝年间曾经一日封皇后的五个兄弟为列侯，喻指权贵之家。汉宫就是指的唐宫，而传蜡烛赐新火则在一定程度上表示着新的一年的开始。

唐人高仲武在《中兴间气集》中评价韩翃说，"兴致繁富，一篇一咏，朝士珍之"，"比兴深于刘长卿，筋节成于皇甫冉"。这大体上说明了韩翃的诗风，意思较为含蓄，但风格却颇为矫健。元人所著的《唐才子传》也说他，"兴致繁富，如芙蓉出水，一篇一咏，朝士珍之。比讽深于文房，筋节成于茂政，当时盛称焉。"

辑三 田园有真趣
隋唐五代

田园清苦
——《女耕田行》

乳燕入巢笋成竹,谁家二女种新谷。
无人无牛不及犁,持刀斫地翻作泥。
自言家贫母年老,长兄从军未娶嫂。
去年灾疫牛囤空,截绢买刀都市中。
头巾掩面畏人识,以刀代牛谁与同?
姊妹相携心正苦,不见路人唯见土。
疏通畦垄防乱苗,整顿沟塍待时雨。
日正南冈下饷归,可怜朝雉扰惊飞。
东邻西舍花发尽,共惜余芳泪满衣。

(唐) 戴叔伦

戴叔伦是唐朝诗人中官职较高的一个，曾经做过刺史和经略使，诗歌和为官都颇为唐德宗赏识。司空图记戴叔伦语云："诗人之词，如蓝田日暖，良玉生烟。"这也大致能够体现他在文学上的追求。《唐才子传》记载戴叔伦说，此人"诗兴悠远，每作惊人"。

田园诗大多数是以闲适淡雅风格为主，但也有一派诗人会写田园劳作的辛苦，最常见的是悯农诗。戴叔伦这首七言歌行写两个农民姐妹因为家道贫穷，不得不亲自下田耕作，记录下田园中的另一面风景。

第一句"乳燕入巢笋成竹"是写明时间，以动植物的节候性表现来说明这是暮春时候。乳燕入巢，就是小燕子长大开始住进自己筑成的鸟巢中；笋成竹，是指竹笋已经长大成竹子了。这种现象只在暮春时候出现，也就是农民开始春耕的时间。后面三句写诗人的见闻，有两个不知名女子在田地里播种庄稼。家里可能没有壮劳力，她们只能亲自耕种，此外也没有牛，也没有犁，只能用刀耕的方式来整理土地。

"自言"四句是"二女"自述，很有可能是诗人上前问询得到的结果。两人说，家里很穷，母亲年纪也大了，兄长还没有娶亲就已经被征调去打仗了。去年家里遭逢灾疫，牛都死光了，没有办法只好截绢买刀当作耕种的工具。"头巾掩面畏人识，以刀代牛谁与同？"在古代社会女子出来耕作是很不寻常的事情，因此两人用头巾盖住脸，不愿意让人认出来，再说用刀耕来代替牛耕这种事情实在令人感到羞惭。

"姊妹"以下四句写她们此时的心境。心中实在苦楚，又不愿意抬头让人看见，只是一个劲儿地面朝黄土背朝天，将田垄收拾整齐，把青苗理顺，等待着甘霖的降落。最后两句写诗人所见。已经到了中午，两人回家吃饭，路上惊扰得野鸡乱飞。东邻西舍门前的花都开尽了，两人看到残花不禁落下伤心的眼泪。这几句看起来是伤春，也可以说是姐妹二人哀叹自己的命运不能够如花儿一样痛快开放，只能如此含辛茹苦。

乡情难忘

——《竹枝词（其一）》

白帝城头春草生，白盐山下蜀江清。

南人上来歌一曲，北人莫上动乡情。

(唐) 刘禹锡

刘禹锡，字梦得，《唐才子传》称他"善诗，精绝，与白居易酬唱颇多，尝推为'诗豪'，曰：'刘君诗在处，有神物护持'。"《竹枝词》是他因为政治原因被贬谪到今四川、重庆一带为官，学习当地少数民族歌谣而作。原作共有九阕，今选其一介绍。

诗歌理解起来比较简单，一共四句，前面两句写景，后面两句抒情。白帝城，在今天的重庆奉节县瞿塘峡口的长江北岸一带。因为是西汉末年割据蜀地的公孙述所建,而公孙述自号白帝,故名为"白帝城"。因为风景壮观,不少唐代诗人都在此留下佳作,如李白"朝辞白帝彩云间,千里江陵一日还",又如杜甫"秋兴八首"等。白盐山是瞿塘峡口附近的一座山,杜甫有《白盐山》诗:"卓立群峰外,蟠根积水边。他皆任厚地,尔独近高天。白榜千家邑,清秋万估船。词人取佳句,刻画竟谁传。"由此可以领略其风光。"白帝"两句是说,春天已经到了,万物萌动,春草开始生长。山上是青青的春草,山下则看得见清澈的蜀江水。这两句都已经在暗示诗人的乡情。古诗有"青青河畔草"的句子,常常引发出对亲人的思念之情。江水清澈,缠绵婉转,诗人触景生情,又听见有本地人"上来歌一曲"未免更加触动乡情。"南人"即巴渝本地人,他们唱的就是竹枝词,里面满是故乡的风土人情,闻听诗歌诗人自然也会想到自己家乡的人物、建筑、河流、物产等。"北人莫上动乡情"是诗人自我劝慰,说你不要那么想家,但是一旦这么说出来,其实就是已经为乡情所触动,不能自已了。

《竹枝词》有一则小引:"四方之歌,异音而同乐。岁正月,余来建平,里中儿联歌竹枝,吹短笛,击鼓以赴节。歌者扬袂睢舞,以曲多为贤。聆其音,中黄钟之羽,卒章激讦如吴声,虽伧伫不可分,而含思宛转,有淇濮之艳。昔屈原居湘沅间,其民迎神,词多鄙陋,乃为作《九歌》,到于今荆楚歌舞之,故余亦作《竹枝》九篇,俾善歌者飏之,附于末。后之聆巴歈,知变风之自焉。"由此可见，《竹枝词》是刘禹锡学习民歌、改良民歌的结果。由于竹枝词本来是地方民歌，所以地方风土色彩很重，这九首竹枝词也就充满了地方意象，很有家园色彩。从此之后别人学习刘禹锡也写《竹枝词》，以至于"竹枝词"成为"风土诗"的代名词，被各地文人用来歌咏本地风土人情，不再是巴渝地区的特有民歌了。

刘禹锡的竹枝词不止后世文人喜欢，在当时也很快流行起来。他的词本来就是写了给当地儿童歌唱，在当时的长安、洛阳也很快有人传唱，时人诗云："去年西京寺，众伶集讲筵。能嘶竹枝词，供养绳床禅。能诗不如歌，怅惘三百篇。"在佛寺讲经的场合，已经有人唱竹枝词活跃气氛了。

幽谷秋霜

——《秋晓行南谷经荒村》

杪秋霜露重，晨起行幽谷。黄叶覆溪桥，荒村唯古木。
寒花疏寂历，幽泉微断续。机心久已忘，何事惊麋鹿。

（唐）柳宗元

这是柳宗元在今湖南永州做司马期间写的一首山水五言古诗。诗人早起出发，在一个叫作南谷地方途经一座荒村，见到疏朗寂静之景色，作诗记之。

《唐才子传》记载柳宗元说："公天才绝伦，文章卓伟，一时辈行，咸推仰之。工诗，语意深切，发纤秾于简古，寄至味于淡泊，非余子所及也。"唐代司空图点评柳宗元诗歌云："梅止于酸，盐止于咸，饮食不可无，而其美常在酸咸之外，可以一唱而三叹也。子厚诗在陶渊明下，韦应物上，退之豪放奇险则过之，而温厉靖深不及也。"《秋晓行南谷经荒村》也可以看到柳宗元诗风的特点，即"发纤秾于简古，寄至味于淡泊"，在字面义之外另有深意可以体会。

首句写时间和行动原因。"杪"即树梢，杪秋指晚秋时分。深秋时刻，诗人很早就出发，踏着寒露，或许还有一些冷风，在南谷这个地方赶路。颔联写诗人见到荒村。一到深秋，树叶几乎无不枯黄垂落，正所谓"无边落木萧萧下"，令人不免生出一阵惆怅。眼见路上突然出现一条小溪，上有一座小桥，已经铺满了黄叶。叶子上面，湿淋淋地布满早晨的霜露，显得沉甸甸。这个村子里没有什么人住着了，几处断壁残垣而已，唯有几棵古树看起来还生气勃勃，但是却显得村里更加寂静无人。律诗中的颔联和颈联常常出现绝妙的对仗句，这一联对仗就非常工整，"黄叶"对"荒村"，"溪桥"对"古木"，这几个意象又都格外疏朗清寂，让人感到一种荒凉的气氛。

颈联继续写荒村所见的景色。"寒花疏寂历，幽泉微断续。"因为天气寒冷，那些残存的小花儿也显得有些清冷，所以称为"寒花"。由于花朵丁零，看起来未免就显得有些寂寥，疏疏朗朗凑不成个气象，与一般花开能够给人带来的温暖感觉迥然不同。一股泉水幽幽地流着，但是偶尔还会断断续续，这让人更加觉得此地清冷了。

尾联"机心久已忘,何事惊麋鹿"写诗人此时的心境。"机心"源自《庄子》,大概就是机巧的心思的说法。柳宗元的意思是,我已经没有什么机心了,应该做到和任何物事平和相处,怎么还会惊动麋鹿呢?柳宗元之所以来到永州,就是因为政治上失败,他这么说,也可能是在影射自己的政治生涯,我如今已经无欲无求和任何人都能够平和相处。但是如果欣赏这首诗歌,我们也能看的出来,他对这种山水的理解已经能够做到了无机心,愿意与之融为一体。柳宗元在永州前后做了十年的"司马",当地的山水清幽,他的诗歌也多是闲淡中有消沉。或许,他的生活经历也决定了这首诗歌的基调,就是消沉寂寞,而结尾那两句诗如果从这个角度理解,也能够理解为即便是他倾心于山水,但是却不能够真正地融入。

《唐诗别裁集》注释柳宗元条目说,"柳州诗长于哀怨,得《骚》之余意"。意思是说,柳宗元的诗歌在写哀怨方面比较优秀,和屈原《离骚》的风格有所传承。这或许是因为政治经历比较接近,他与屈原同样是朝中不得志、郁闷中去国离乡,所以写诗的风格也多少有些类似。

长安春色
——《长安早春》

旭日朱楼光,东风不惊尘。公子醉未起,美人争探春。探春不为桑,探春不为麦。日日出西园,只望花柳色。乃知田家春,不入五侯宅。

(唐)孟郊

《长安早春》是孟郊即孟东野写于初春的一首田园诗歌,为五言古诗。这首诗写的是长安豪贵眼中的春天,但反过来又说"乃知田家春,不入五侯宅"用以暗示"田家春"之不同于宫苑。诗人所爱,田家春也。

前两句使用了一个类似于电影艺术中的俯拍镜头。偌大一个长安城，巍巍峨峨，此时旭日东升，东风轻轻吹起。在绚烂的阳光照耀下，有一栋高大的红色高楼，发出炫目的光辉。东风轻轻吹动，那楼角或许还有铃铛轻轻地发出脆亮的声音。

接下来的四句写楼中人的活动。住在楼里的都是贵族公子和娇妻美妾，他们昨夜一定欢歌半宿，所以公子今晨还酒醉未起。美人们则听见晨鸟的啁啾鸣叫，早早打开窗子朝外面看这春天的美色。美人看春天，不是看桑麻长得好不好，也不是看麦苗是否长势良好，她们天天到西园里游春，看的是花开的好不好，看的是柳叶被春风裁剪的齐不齐。

最后两句则是诗人的感慨。春日到来，本应该是天下农耕开始的节气，人们都忙碌得睡不着觉。可是这些公子美人却夜夜笙歌毫不关心百姓的疾苦。田家眼中的春天，是桑麻、麦苗的春天，而不是花柳的春天。由于大家关注的焦点不同，所以他说田家春不如贵族豪戚的宅邸。

历代诗人基本都认为，孟郊的诗歌写得古淡清寒。北宋苏东坡评价孟郊和贾岛的诗歌，就说是"郊寒岛瘦"。元代元好问评价孟郊，说他是"东野穷愁死不休，高天厚地一诗囚"。这首诗乍一看还看不出来清寒，仿佛写的还比较正常。但是他对豪贵的态度，在一定程度上是因为自己生活贫寒所致。孟郊的诗歌在很大程度上继承了孟浩然的风格，两人都是"古淡"一派，但是施蛰存说，孟浩然的古淡是因为胸襟阔达，而孟郊的古淡是因为生活贫寒。孟郊有首诗写自己搬家,他要借一辆车来搬家因为自己没有,可是车子借来了才发现,"家具不及车",太贫寒了。堪称孟郊一生贵人的韩愈给他写了一首推荐诗,诗名《荐士》,里面说他是"酸寒";朋友刘叉写给他的诗歌里说"酸寒孟夫子",对比李白称呼孟浩然"吾爱孟夫子,风流天下闻",可见相当不同。

虽然孟郊生活贫寒,"拙于生事,一贫彻骨",但是诗歌仍然是中唐代表性著作。《唐才子传》记载,孟郊"工诗,大有理致,韩吏部(注:即韩愈)极称之。"可是他的风格总是受个人际遇影响,"多伤不遇,年迈家空,思苦奇涩,读之每令人不欢"。由于太过古淡,又总是哀怨较多,人们读他的诗歌难免会心情沉重。当年,他五十岁才进士及第,写了一首诗云:"昔日龌龊不足嗟,今朝旷荡思无涯。春风得意马蹄疾,一日看尽长安花。"虽然写的是好事情,读起来却感觉有些局促,气度不够。因此,元人说他的诗歌"哀怨清切"。即以这首《长安早春》看,我们也能感受得到这种风格。

小院风情

——《菩萨蛮·玉楼明月长相忆》

玉楼明月长相忆,柳丝袅娜春无力。门外草萋萋,送君闻马嘶。画罗金翡翠,香烛销成泪。花落子规啼,绿窗残梦迷。

(唐)温庭筠

温庭筠向来被视为是"词"这一文学形式的先行者,"才情绮丽"。这首《菩萨蛮》即是具有词的特征的一首作品,即所谓"曲子词"。"菩萨蛮"本为唐代教坊规定的二百七十八个曲名之一,有了曲名,就要配歌词,就可以传唱。比如李白的《清平乐》、王之涣的《凉州词》都属于这一类。《菩萨蛮》是晚唐时期比较流行的一个曲名，温庭筠以此为题作了不少曲子词，今传14首，这里选的是第六首。

和大多数关于田园的诗歌不同，这首曲子词没有将目光放在野外，而是更多地放在了"家"这个范围内。或许可以用"小院风情"来概括。曲子词大略分为三部分，前两句是开篇，给读者一个大致的印象，接下来两句写一个女子送别夫君，后面四句写女子在家中的生活。

"玉楼明月长相忆，柳丝袅娜春无力。"在这玉楼中，有人在怀念远方的人，她望着天上的月亮，想着情人是否和自己一样也在远方守望。"柳丝袅娜春无力"既可以理解为一种形象化的比喻说法，即她的心情就犹如柳丝一样袅娜，但是因为相思太深而有些无力，给人一种意境美，表明女子的心理状况。另一种理解方式是，她怀念、追忆的是一个春天的场景，那时候"门外草萋萋"，自己要送君远行，听着马儿嘶叫的声音看着情人逐渐远去。"画罗金翡翠，香烛销成泪。花落子规啼，绿窗残梦迷。"这四句写的是情人远去之后，女子独守空房的情形，只有罗衫上的翡翠鸟陪伴着自己，一起看着蜡烛逐渐燃尽，烛泪和自己的眼泪混合在一起，度过漫漫长夜。如今已经是花落的时候，杜鹃鸟泣血啼叫着，她也觉得自己的年华逝去，青春易老，心情很不好。靠着绿色的窗棂，她渐渐犯困了，累了，睡着了。梦里边，这些事情就好像又上演了一遍，也不知道是真实的生活还是虚幻的梦境了。

这首诗歌总的来说，给人一种朦胧的美感，让人无法给出一个特别落实的解释。但是，读者读完之后，却会感受到一种难以述说的情感，让这家园显得格外迷人。其实，曲子词在晚唐到宋初是专门供歌女在酒席和宴会上演唱的。五代词选集《花间集》的序言里就说："则有绮筵公子，绣幌佳人，递叶叶之花笺，文抽丽锦；举纤纤之玉指，拍案香檀。不无清绝之词，用助娇娆之态。"意思是说，这曲子词不过是助兴的。从温庭筠开始，到北宋初年的晏殊父子，他们写的曲子词大多都是写闺情、送别等，往往着意于文字的美感和音调，而对具体的思想情绪和主题不太注意。要到南唐后主李煜甚至苏东坡以后，词才有了和诗近似的功能，即歌以咏志。所以，读温庭筠这首曲子词，我们重要的不是去明白他在写什么，而是要去领略他希望表达的那种意境，去欣赏文字和音调之间的美感。

田中咏志
——《田家即事》

蒲叶日已长，杏花日已滋。老农要看此，贵不违天时。
迎晨起饭牛，双驾耕东菑。蚯蚓土中出，田乌随我飞。
群合乱啄噪，嗷嗷如道饥。我心多恻隐，顾此两伤悲。
拨食与田乌，日暮空筐归。亲戚更相诮，我心终不移。

(唐) 储光羲

储光羲是唐玄宗开元年间的进士，《唐才子传》说他"工诗，格高调逸，趣远情深，削尽常言，挟风雅之道，养浩然之气"。《唐诗别裁集》说他学习陶渊明有成，得其真传。《四库全书总目提要》评价他说："源出陶潜，质朴之中，有古雅之味，位置于王维、孟浩然间,殆无愧色。"

《田家即事》是一首以老农一日耕作为主题的田园诗,写老农勤于耕作且有仁慈情怀。起首四句,标注时间节点。"蒲叶日已长,杏花日已滋。"杏树一般是二月开花,这表明时间是初春时分。万物复苏,蒲叶不断地在生长,杏花也陆续开放。老农根据植物的变化感觉到天时已经变化,到了农耕的季节了。他要做到不违天时,按时耕作。老农是一个富有经验的农民,他对关系到农时的植物变化非常敏感,能够注意到蒲叶和杏花的变化,于是就准备要开始一年的耕作了。

接下来四句是写老农的务农情况。"迎晨起饭牛,双驾耕东菑。蚯蚓土中出,田乌随我飞。"天色微明的时候,老农就从床上起来,开始给耕牛准备草料了。把牛喂好,他自己才开始吃饭。这时候天色越发明亮,但是温度还不是很高,最适合耕作。他驾着耕牛就到自己的田地里,开始劳作。随着犁子把封闭一冬的冻土翻开,里面的蚯蚓也都被翻了出来,而田乌则跟随着我,争抢着去吃那些蚯蚓。

"群合乱啄噪,嗷嗷如道饥。我心多恻隐,顾此两伤悲。"这四句写的是老农耕作时候的情况,但是换了一个视角,即以老农的第一人称来写,与前面八句第三者的全知视角不同。眼看那些田乌争相抢食蚯蚓,简直和道路边见到的那些嗷嗷待哺之饥民没有什么两样。字面是在写田乌,其实却是在写饥民。老农的心中为此感到难过,他不但是为眼前的景象而伤悲,也是为普天之下看不见的饥民而伤悲。

最后四句写老农将食物拨了一些分给田乌吃,可能是自己的午饭。但是看到他"日暮空筐归",我们知道他分出去的也可能有自己准备播种的粮种。最后两句则是"歌以咏志",如果亲人们知道了这件事情,一定会讥笑他太过愚蠢,但是即便"亲戚更相诮,我心终不移"。老农天生的悲天悯人姿态,就此展露无遗。《唐诗别裁集》说,"爱物之心胜于爱己,田父中不易有此人"。这固然是附和诗人赞美老农的意图,但或许也误解了诗人的意思:老农有这样的境界,其实是一个心怀天下但目前隐居田园的人,他胸中所怀的是天下的太平与福利,而不是个人的安康与温饱。所谓"先天下之忧而忧,后天下之乐而乐",这个老农才是真正的君子。

诗仙醉吟
——《下终南山过斛斯山人宿置酒》

暮从碧山下,山月随人归。却顾所来径,苍苍横翠微。
相携及田家,童稚开荆扉。绿竹入幽径,青萝拂行衣。
欢言得所憩,美酒聊共挥。长歌吟松风,曲尽河星稀。
我醉君复乐,陶然共忘机。

(唐)李白

  这是李白写作的一首山水诗,大意是从终南山上下来顺道拜访一位叫作斛斯山人的朋友并在他那里喝酒。这首诗歌很有可能是李白饮酒之时所作。清代沈德潜评注此诗说:"白山水诗亦带仙气。"

  起首四句写诗人从终南山上下来。薄暮时分,诗人循着山间小径下终南山,一路看着那青翠的景色,感觉自己如同置身碧山之中。当他下山之后,看见月出东山,仿佛这月亮也要跟随自己回到家中一样。有山、有月、有人,这就如同一幅山水画一样将空间布局出来,显得别开生面。将月亮拟人化的写法,也是李白惯常手段,即所谓"仙气"所在。"举杯邀明月,对酒成三人"的句子,也是"仙气"所在。下山之后,回望来时的道路,只见苍茫暮色已经掩盖住了翠绿的树木,仿佛那暮色就是从这山中升起的一样。

接下来四句,写诗人来到斛斯山人的住处。他在山下和斛斯山人相见,两人携手归家,来到山人所居住的田园之中。有童仆帮着把柴门打开,迎接两人回家。进了柴门,他们要穿过一片幽静的竹林,才能到屋子里。这一段小路上,青萝长势茂盛,朋友和诗人的衣襟划过青萝的叶子,在寂静的晚上发出嘶嘶的声音。四句诗虽然都是写动作,但却给人一种强烈的空间感,从山下到门口,再曲径通幽来到厅堂,"携""开""入""拂"四个动词用得格外有意味。

"欢言得所憩,美酒聊共挥。长歌吟松风,曲尽河星稀。我醉君复乐,陶然共忘机。"这六句写诗人与朋友纵情欢歌、饮酒赋诗。两人纵情地谈古论今,在松风阵阵中长歌,心情是如此愉快,以至于不知东方之既白。当音乐停止的时候,已经是天色熹微,天上的星星也变得稀少了。两个人都喝得酩酊大醉,但是却非常快乐,陶陶然忘记了世俗世界的一切烦忧和心机,仿佛与这自然极乐世界融为了一体。

　　贺知章称李白为"谪仙人"，《唐才子传》称他"梦笔生花"、"天才赡逸"，李白的诗歌确实总能流露出一股"此曲只能天上有"的气息。这首山水诗虽然向来被视为是李白学习陶渊明之作，但人们也总是能够看出他与陶诗的不同，后者是恬淡中有真意，而李白的诗歌则充溢着一股英气，让人感到阳光灿烂不可抑制。李白是以游仙和饮酒为名，尽情挥洒自己的豪迈、忧郁、愤慨等情怀，在这个过程中，他任情高唱、纵情高歌，才气奔放地使用各种形象思维来抒发情怀。

高怀雅兴
——《终南别业》

中岁颇好道,晚家南山陲。兴来每独往,胜事空自知。
行到水穷处,坐看云起时。偶然值林叟,谈笑无还期。

(唐)王维

王维是唐朝诗人中仕途较为顺利的一个,且其文名也很早就在文坛传诵。史载,当时有皇亲九公主常常诵读他的诗歌,还以为是古作,当知道是他的作品之后,立即请他上座,并将其力荐给当年的科举主考官。结果,开元十六年,王维状元及第,此后屡次升迁,最后官至尚书右丞。《唐才子传》评价王维说:"诗人妙品上上,画思亦然。至山水平远,云势石色,皆天机所到,非学而能。"

唐史称其"名盛于开元、天宝间，豪英贵人虚左以迎，宁、薛诸王待若师友"，唐代宗更是称他为"天下文宗"。

虽然仕途顺利，诗名闻达，但是王维却一生笃志奉佛，蔬食素衣。当他丧妻之后更是决意不再续娶，孤居三十年，过着近乎隐士的生活。他的别墅在蓝田县南辋川，亭馆相望，风景非常优美。他常常写诗歌咏其中的景物，"日与文士丘为、裴迪、崔兴宗游览赋诗，琴樽自乐"。后来，他还特地上表请求"舍宅以为寺"，将这处别墅改为寺庙。王维的死，也颇有隐士风味，据说他临终的时候正在写信和亲友一一告别，当写完的时候恰好"停笔而化"。因为这种经历和志向，王维创作了大量山水田园诗，成为这一派诗歌的宗师级人物。

这首《终南别业》是一首五言律诗，是王维晚年之作，通过对风景的描画以及自己日常生活的记叙，抒发了自己归隐山林的得意与自然知趣。

"中岁颇好道，晚家南山陲。"王维生于武则天大足年间，卒于唐代宗上元年间，经历过开元、天宝盛世和安史之乱，享年六十一岁。从四十岁开始，他就过着亦官亦隐的生活，所以说是"中岁颇好道"。王维所好的道，并非单纯的道家之"道"，而在很大程度上是佛教的"道"。王维，字摩诘，他的名字和字就是从佛经《维摩诘经》而来。他因为好道，而追求过一种远离世俗，亲近自然，讲求机趣的生活。晚年，他住在终南山脚下的辋川别墅。辋川别墅原为初唐诗人宋之问的宅邸,后来归于王维。在写给友人的书信中,王维说,"当待春中,草木蔓发,春山可望,轻鯈出水,白鸥矫翼,露湿青皋,麦陇朝雊,斯之不远,傥能从我游乎?非子天机清妙者,岂能以此不急之务相邀?然是中有深趣矣。无忽。"信中更是自称"山人王维",他对此处环境和情趣的喜爱之情,可谓溢于言表,不能压抑。

"兴来每独往,胜事空自知。"诗人正如自己所称,乃是"山人王维",每当觉得兴致来临时,他就常常一个人独来独去,在这山林中游览纵情,领略自然机趣,感悟人生哲理。明末清初诗人冯班读到这两句诗,不由赞誉说"奇句惊人"。"兴来",即乘兴而来,这在历史上有一个典故。书法家王羲之的五子王徽之,字子猷,是一个颇有隐士风范的人。他有一次在雪夜里饮酒诵诗,读到左思的《招隐士》,又想起友人戴逵,顿时兴致大发,不顾大雪纷飞、时间已是半夜,立即乘坐小船连夜出发去拜访。当时王徽之在山阴,戴逵远在剡县,小船走了一夜才到。但是眼看就要到戴逵家门前了,王徽之却挥一挥手决定返程。人们感到很奇怪,就问他为什么不进去,他却说:"吾本乘兴而行,兴尽而返,何必见戴?"王维在某种程度上就是另一个王徽之,也是乘兴而行,兴尽而返,只要能够领略山中风光,何必要有人同行呢?

"行到水穷处,坐看云起时。"前面两句诗人说"胜事空自知",那么他都欣赏了哪些美景呢?这里说出来了,就是一路走去,直到水尽头；闲坐山头，看云起云落。《唐诗从绳》说，"此全篇直叙格。五六句法径直。此种句法不假造作，以浑成雅健为贵。通首言中岁虽参究此事，不免茫无着落，至晚年方知有安身立命之处。得此把柄，则行止洒落，冷暖自知，水穷云起，尽是禅机。"本来说是"胜事"，但他却没有像魏晋人那样着力于书写山水风光，而是用淡笔勾勒，难怪清代纪晓岚要说他是"由绚烂之极归于平淡"。

"偶然值林叟，谈笑无还期。"林叟闲淡，无非妙谛。一旦得趣，诗人就不管眼前的是文人雅士，还是林间老叟，就上前与其攀谈言笑，而且总是兴致勃勃，以至于人我相忘，"有悠悠自得之意"。从第一句开始，到此终结，几乎没有强调"道"，但是却句句是在说"道"，用清淡水墨表达了玄思哲理，因此这首诗被认为，"清靡为时调之冠，亦令人欲割爱而不能"。

从结构上来说，这首诗歌颇为谨严。清代屈复总结说，无一语说别业，却语语是别业，以"中岁"生"晚家"，以"独往"生"自知"，以"行到"应"独往"，以"坐看"应"自知"，以"水穷"、"云起"应"兴来"、"胜事"，以"林叟"、"谈笑"、"偶然"完篇，上下一体，令人感觉中气十足，一以贯之。

王维的山水田园诗因为充满了上述的这种情调和理趣，唐人就称赞他"词秀调雅，意新理惬，在泉为珠，着壁成绘，一句一字，皆出常境"，即格调清幽，而又能够"诗中有画，画中有诗"。做人好佛，作文清幽，后人因此将王维称为"诗佛"，与诗仙李白、诗圣杜甫并称。

孤舟夜泊
——《旅夜书怀》

细草微风岸,危樯独夜舟。星垂平野阔,月涌大江流。名岂文章著,官因老病休。飘飘何所似,天地一沙鸥。

(唐)杜甫

《旅夜书怀》是杜甫晚年写的一首旅途诗歌,以微妙壮阔的词句勾画出一幅长江夜景图,在情景交融之中,抒发了自己飘泊天涯的感伤情怀。于山水之外,杜甫感受到自己已经无法建功立业,而寄身山水之中,又倍感凄凉。短短四十个字,道尽一生无奈之情,是杜甫诗歌中的名篇。

当时杜甫正过着颠沛流离的生活,日子非常困苦。此前,他客居秦州，贫困到要自己"负薪拾橡栗自给"。不久，因为安史之乱他又流落剑南，在成都西郭浣花溪建造草堂居住，算是过上一段平静的生活。不久，他的朋友严武出任剑南西川节度使，杜甫就前往投靠。这段时间内，由于严武对待他非常和善，杜甫过上一生中最安稳的一段日子。然而，好景不长，蜀中很快发生战事，杜甫被迫离开成都，流落潇湘一带。这首诗歌就是他此时写成的。

诗题《旅夜书怀》，意思就是在一个旅行途中的夜晚，写下这首诗歌，抒发胸中情意。宋元清都有诗人用同样的题目写过诗歌。从结构上看，诗歌大致可以分为两层，首联和颔联是写景，颈联和尾联是结合自己身世抒情。

"细草微风岸，危樯独夜舟。"和自己一起逃难的家人都已经睡着了，诗人想起自己这一年来的遭遇，实在是夜不能寐。于是，他悄悄地起床，走到船舱外面，独立舟头，看着这茫茫夜色。在月光的照耀下，他看见江边的水草长得非常茂盛，微风吹过，那草叶就贴伏在河岸上，微风略停止，那草叶就又弹起来。看着那一簇簇的水草，沿着长长的江岸绵延不止，生命的气息扑面而来。此时，他抬头看到高高耸立的桅杆，孤零零地矗立在那里。四下扫望，江面上也只有这一只船，孤零零地没有个伙伴。那江岸是如此绵长，衬托得这船只更加渺小孤独。有过江中旅行经历的读者可能会体会得到，千里江陵一日还固然是快意，但是面对大江大河之时人们心中也的确特别容易生发出天地阔大而人类渺小的宇宙观念。

"星垂平野阔，月涌大江流。"江面上视野极为开阔，而星星和月亮今天也特别明亮，看得清清楚楚。从船头仰望天空，星空显得格外寥廓，一直到看不清楚的地方，还有星光在闪烁。这漫天的星光反射在江面上，照射在宽阔平整的原野上，显得到处都亮堂堂，而那星光是如此遥远无边，这亮光也就无限制地延伸到地平线的方向。因此之故，在诗人看来，这平野显得格外阔大。那月光本来是从天上挥洒下来，照射在大江上。但是由于江流汹涌，波涛不断，月光就随着流水上下翻滚，不停地涌动着。看到这样的情境，诗人心中也忍不住上下翻滚，将视野落到自己的个人经历上来，从长安到凤翔，再到成都，再到潇湘，他的遭际实在是太复杂太曲折。念及于此，胸中一股情绪也不由地随着这月光在大江上翻滚不止，难以抑制。

"名岂文章著，官因老病休。"杜甫被后人称为"诗圣"，但在他自己看来，其人生抱负在于"致君尧舜上，再使风俗淳"，是要兼济天下。他连吃饭的时候，也要忧国忧民，从来不敢放松，"数尝寇乱，挺节无所污。为歌诗，伤时挠弱，情不忘君，人皆怜之"。但是他几次得到官职，都是因为积极进谏，敢于言事，反而被贬。这就让他诗名虽盛，但却不是因为经国济世的文章所致。他自己感慨说，因为自己年老多病才不得不离开官场，但实际上却是因为他的主张不能符合官场的需要，不符合政治的需要。《唐才子传》就说，"甫放旷不自检，好论天下大事，高而不切也。"杜甫毕竟是诗人，在文学方面成就卓著，但是一旦论及具体的政事，可能往往不能产生实际效果，也就难免不为人重视。杜甫自己也的确行为有些不够检点。在四川严武帐下时，"甫见之，或时不巾，而性褊躁傲诞，常醉登武床瞪视曰：'严挺之乃有此儿！'"对自己的保护人严武可谓相当不尊敬。因此，当时军中有人对他很是不满，"一日，欲杀甫，集吏于门，武将出，冠钩于帘者三"，可谓凶险之极，幸亏有人帮助，他才幸免于难。不过，杜甫自己并没有意识到这一点，所以他只感慨自己穷愁老病，不能建功立业。这一点，古今诗人对杜甫还是多有同情。《唐才子传》感慨李白、杜甫都关心国事但是没有成就时说，两个人"语语王霸，褒贬得失，忠孝之心，惊动千古，骚雅之妙，双振当时，兼众善于无今，集大成于往作，历世之下，想见风尘。惜乎长辔未骋，奇才并屈，竹帛少色，徒列空言，呜呼哀哉。"

"飘飘何所似，天地一沙鸥。"或许是此时恰好有一只沙鸥从水面飞过，在夜色、月光、水面的衬托下，显得格外孤单。诗人目睹这一场面，觉得自己如飞蓬一样居无定所，和这沙鸥也差不多。天地何其阔达，何其深广，而沙鸥不过是小小一只鸟儿，命运不能自己支配，或许今天尚且飞翔，明晨就已经死亡了。诗人用沙鸥自况，既道出自己不能在朝廷效力只好来到村野闲居的心情，也确认自己此时的处境的确是飘零天涯、独自流浪了。

就诗歌艺术来说，这首诗歌在用词、语法和境界方面都很新颖，说的是前人表达过的意思，但是写得却格外新鲜、格外深广，令人钦服。一首律诗，一共八句，却几乎句句是名句。前两联写景，又格外为人称道。他写夜景，细草"二句"强调近而小之景，写远而大者则"星垂平野阔，月涌大江流"，境界均不同凡响，难以揣测。元代诗人范德机说："作诗要有惊人语，险诗便惊人。如子美……'船舷暝戛云际寺，水面月出蓝田关'，'星垂平野阔，月涌大江流'……李贺'黑云压城城欲摧，甲光向日金鳞开'。此等语，任是人道不到。"《杜诗解》说："看他眼中但见星垂、月涌，不见平野、大江；心头但为平野、大江，不为星垂、月涌。千锤万炼，成此奇句，使人读之，咄咄乎怪事矣！"

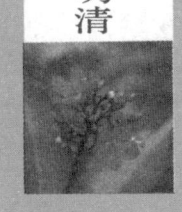

辑四 / 避世求独善——宋元明清

宋元明清是中国历史上较为稳定的一段时期，也是文化发展最为成熟的一个阶段。在宋代，诗人们承受着唐诗的巨大压力，以学问为诗，在诗歌中讲求机趣，从而创造出别具一格的宋诗。宋人开创的"江西诗派"，以黄庭坚为首，更是将这种写作风格延续至后来的数百年间。因此，这一时期文人写作的田园诗歌往往集中了大量的典故，让人感受到目不暇接的"学问的力量"。此外，因为政治环境的改变，这些田园诗歌和前代相比，不再那么关注"兼济天下"，而更多地关心"独善其身"，在田园山水中寄托诗人个人的情思。

风吹麦浪滚
——《后元丰行》

歌元丰,十日五日一雨风。

麦行千里不见土,连山没云皆种黍。

水秧绵绵复多稌,龙骨长干挂梁梠。

鲥鱼出网蔽洲渚,荻笋肥甘胜牛乳。

百钱可得酒斗许,虽非社日长闻鼓。

吴儿踏歌女起舞,但道快乐无所苦。

老翁堑水西南流,杨柳中间杙小舟。

乘兴欹眠过白下,逢人欢笑得无愁。

(北宋)王安石

《后元丰行》是王安石晚年之作，写当时恰逢风调雨顺、国泰民安之年，人民安乐无忧的场景。此前王安石写过一首《元丰行示德逢》，与此诗宗旨大略相同，如言五谷丰登说"三年五谷贱如水"，又如言诗人志向说"先生在野故不穷，击壤至老歌元丰"。

从诗体上说，这是一首古诗。除了"歌元丰，十日五日一雨风"可以视为宗旨句之外，余章可分为三部分来欣赏。

起始两句道出诗歌的宗旨，是要歌颂元丰盛世。何为盛世？当然是风调雨顺、国泰民安。如今的天下，每逢五天就要有一次和风，每逢十日就要下一场甘霖。这样的天气最适合农业耕作，而在以农立国的古代中国，民以食为天，这样的天气能够最大程度地保证人民幸福安康。

"麦行千里不见土"至"荻笋肥甘胜牛乳"为第一部分。诗人勾勒出一幅壮阔美妙的田园风光长卷。千里所见，唯有麦苗行行，甚至连土都看不见，可见农业是多么繁荣兴盛。北方种植的小麦可以千里不见土，南方的稻谷也做到了浮云蔽日，极目所望全部是庄稼。由于雨水充足，往年备用的水车如今再也没有了用处，被农人高高地挂起来，而田间地头到处都是绵绵秧苗，令人欣喜。种植业兴盛如此，渔牧业也非常发达。渔民们每日里捕捞的鲥鱼数量众多，放在滩涂上晾晒简直令人没有立足之地，而芦笋也美味可口胜过牛乳。

"百钱可得酒斗许"至"但道快乐无所苦"为第二部分。农业的顺遂令国家富足、民无饥馑，百姓都过着安居乐业的日子。由于物产丰富，如今的市面上酒价很低，只要花上一百钱就可以买一斗左右。人们在这样的丰收之年，心情也颇为舒适，不断地追求各种欢愉方式。以往只在节庆日才会敲打的鼓，如今随时都会抬出来表演一番。吴地的男男女女们因为心情轻松，觉得生活快乐无有愁苦，常常聚在一起唱歌跳舞。大家衣衫摇曳，歌声高扬，舞姿曼妙，与这太平盛世相得益彰。

"老翁堑水西南流"至"逢人欢笑得无愁"为第三部分。前面两部分是写诗人的观感，这一部分则写诗人个人的感兴。看着人间如此极乐，诗人不由逸兴遄飞，决定顺着河水西南漂流而下，做一次即兴旅行。在杨柳拂岸的美景之中，任由船夫划动小船，诗人一边斜靠着船舷休息一边欣赏这人间美景，一路就来到了白下城。在城里，老翁所见依然是风调雨顺、民无疾苦，熟人相遇，全都笑容满面，没有什么愁苦可以抱怨。

元丰是宋神宗的年号，涵盖1078年至1085年这段时间。此前的六七年间，即1069年至1076年为王安石主持变法时期。从1076年第二次罢相开始，王安石就闲居在今天的南京钟山，过着隐居的生活。这首诗歌即写于此时。虽然诗歌在表面上看来是一首寻常的田园特色诗歌，结尾也表达了隐逸倾向，但事实上却富含政治意味。有人就认为，这其实是一首王安石为自己变法成果绘制的理想图景，即歌颂因推行新法而带来的国泰民安局面。事实上，"十日五日一雨风"这一句诗歌化用自西汉桓宽《盐铁论》的说法,后者认为周公执政的时候天下太平出现过五日一风十日一雨的风调雨顺奇迹。王安石特别使用这个典故,就是在将前代的盛世太平与当朝繁华并置,强调自己变法的成功。

  其实,说起用典故,王安石相当厉害。钱钟书在选注王安石诗歌时就说他"博极群书",不论是百家诸子还是医书、小说都阅读得很多。所以,王安石写到各种事物,只要他想用典就办得到,做到"借古语申今情"而别人却不一定看得出来,还以为他能够写的通俗浅显。这首诗在一定程度上就表现了他的这种特色。

宋元明清　辑四　善避世求独

烟雨乡村

——《山村五绝（其二）》

烟雨蒙蒙鸡犬声，有生何处不安生。
但教黄犊无人佩，布谷何劳也劝耕。

(北宋) 苏轼

如同诗题所显示的那样，苏轼《山村五绝》一共有五首，本书介绍其第二首。

山村之中，往往云遮雾绕，一逢天公作雨便会形成烟遮雾绕的美景。在这样的蒙蒙景色之中，遥遥传来鸡鸣狗吠的声音。湿润的空气在禾苗树木之间弥漫，远处的山峦，近处的房屋，都湿漉漉地令人感到一股生机。唐人作诗写美景云："山路元无雨，空翠湿人衣。"当没有下雨的时候,人们从山路上经过,尚且能够感受到那翠绿的美景。如今烟雨蒙蒙,行人更是可以体会。

在这烟雨之中,诗人眼看农田整齐、屋舍俨然,颇有桃源仙境之感。想那灰色的小屋之中,一定有一家村民,上有老下有小,家有五亩之宅、百亩之田,屋前屋后栽种有榆树、柳树、桃树、梨树等,院子里则养着小鸡小狗。这山村里,倘若无人来打扰,一定可以黄发垂髫并怡然自乐,都过着美妙的好日子。其实,百姓如此勤劳,物产如此丰饶,人们在哪里不能过上好日子呢?

走在山路上,听见树丛之中传来布谷的鸣叫。布谷向来被认为是勤劳耕作的督促者,一声布谷布谷,人们就知道耕作的时节到了,农人就开始耕种。李白《赠从弟冽》云:"日出布谷鸣,田家拥锄犁。"杜甫《先兵马》云:"田家望望惜雨干,布谷处处催春种。"

不过,诗人却有一个问题:如果百姓勤劳,物产丰饶,何须这布谷鸟来督促民耕呢?其实,只要让百姓能够宽心过日子,他们自然会将钱财用在购买耕牛上面,到了节气也就自然会努力耕种。如果能够做到这样,那么也就不劳布谷鸟来鸣叫了。

单独看这一首诗歌的字面意义,苏轼的确写出一幅美妙的田园风光。烟雨蒙蒙之中坐落着几处田家小院,人们安居乐业,而黄牛怡然自得地在田地上食草耕地,布谷鸟四下翻飞提醒人们要按时耕种。不过,这首诗歌的丰富性还在于它的寓意。

北宋人阮阅在其编纂的《诗话总龟》中点评这首诗歌说,东坡《山村》诗"意言是时贩私盐者多带刀杖,故取前汉龚遂令人卖剑买牛、卖刀买犊,曰:'何为带牛佩犊?'意言但得盐法宽平,令民不带刀剑而买牛犊,则民自力耕,不劳劝督,以讥盐法太峻不便也。"这就说明,苏轼《山村五绝》并非简单的田园诗歌,而是别有意味。

《山村五绝》其实是苏轼颇为有名的诗歌,有人将其视为是政治讽刺诗,不过是否真的如此,则各家有各家的看法。然而,在北宋时期,苏轼却的确因为此组诗歌遭逢磨难,陷入所谓"乌台诗案"。当时有人批评他说,"至于包藏祸心,怨望其上,讪渎谩骂,而无复人臣之节者,未有如轼也。且陛下发钱一本业农民,则曰'赢得儿童语音好,一年强半在城中',陛下谨盐禁,则曰:'岂是闻韶解忘味,迩来三月食无盐。'其他触物及事,应口所言,无一不以讥谤为主"。苏轼则回应说,"昔先帝召臣上殿,访问古今,且敕臣今后遇事即言,其后臣屡论事,未蒙施行,乃复作诗文,寓物托讽,庶几流传上达,感悟圣意,而李定、舒亶、何正臣三人,因此言诽谤先帝。则是以黑为白,以西为东,殊无近似者。"由此可见,苏轼的确诗中别有意思,不过只是"寓物托讽",通过歌以咏志的方法传递自己对现实的一些看法而已。

明代文人李贽编辑《坡仙集》,选录他心目中苏轼的好诗,标准是"大扣大鸣,小扣小应,俱系其精神髓骨所在",即收录这一组诗歌。读者品诗,千人千面,各有各自的见解,但李贽的这一品评值得重视。不过话说从头,虽然这组诗歌颇有政治况味,但恰恰又是一首田园诗歌,因为诗人正是从这种对政策的不满中表露出对田园生活的向往,希望能够"有生何处不安生"成为现实。

山野行路
——《浣溪沙·簌簌衣巾落枣花》

簌簌衣巾落枣花,村南村北响缫车,牛衣古柳卖黄瓜。
酒困路长惟欲睡,日高人渴漫思茶。敲门试问野人家。

(北宋)苏轼

苏轼,字子瞻,号东坡居士。他是公认的两宋第一文人,诗词书画都非常有名气,写文章也很厉害,是唐宋八大家之一。宋仁宗当年读到苏轼和其弟弟苏辙的制策文章,欣喜异常,对人说:"朕今日为子孙得两宰相矣。"宋神宗也特别喜欢苏轼的文章,史载其"宫中读之,膳进忘食,称为天下奇才"。苏轼曾点评唐代大画家吴道子的画,说他"出新意于法度之中,寄妙理于豪放之外"。今天看他自己的作品，其实也是这样，能够在法度之外别开新局面，能够在豪放的诗词中寄予奇妙的理趣。

《浣溪沙》本为唐代教坊中的曲名，因西施浣纱于浙江绍兴若耶溪的典故，所以又名《浣溪纱》或《浣纱溪》。宋代用作词牌名，上下阕各有三个七字句，一共四十二字。这首《浣溪沙》是苏轼在徐州期间写的乡间见闻题材词作。他一共写了五首《浣溪沙》，这里是其中的一首。词分上下两阕，各有三句。上阕写诗人所见所闻，下阕则写自己的游历感受和途中经历。

"簌簌衣巾落枣花，村南村北响缲车，牛衣古柳卖黄瓜。"上阕给人的直接感受是，充满了声音。不管是"簌簌"还是"响"这样的拟声词，还是一个"卖"字，都让人感受得到乡间一种活泼泼的气息，到处都是朴实生动的生活。"簌簌"形容枣花落在衣服和头巾上的声音，显得活泼生动。唐代诗人元稹有一首《连昌宫词》，其中有一句"风劲落花红簌簌"。这一句其实采用了倒装句式，正常的语法应该是"枣花簌簌落衣巾"，但是倒装之后就让声音显得更加突出，音韵上也比较能够达到全诗的和谐。

诗人很可能是漫无边际地在游玩，所以他穿村走巷，在村子里到处都听得到人们辛苦缲丝的声音。所谓"村南村北"并不是村子南北的意思，而是泛指整个村子。"牛衣"，是用麻或者草编织成的一种遮雨用具，用于披盖在牛背上。《汉书·王章传》记载，王章当时生病很严重，但是没有被子，只好睡在牛衣中。这里的意思是说卖黄瓜的人很穷,没有什么像样的衣服,穿的和牛衣差不多。"牛衣古柳卖黄瓜",就是说在一棵古柳下面有一个卖黄瓜的,穿的很贫寒。但是,也有可能苏轼并不是想强调这人的贫苦,而只是描绘一种日常生活的情境,当时的劳动人民可能就是这样的穿着打扮,他只是如实地描画下来。

上阕写的是诗人在村野中游历的所见所闻,下阕则主要是写出诗人自己的感受了。他早上就出了门,如今已经快到中午。太阳越来越高,也越来越毒辣。日高人渴,就是说将近中午,太阳越来越厉害,诗人也就越来越想喝茶。一个"漫"字,是随随便便的意思,但也与"试问"相互照应,说明他一路都在想着这个事情,如今看到一户人家赶紧上去讨杯茶水。晚唐皮日休有《闲夜酒醒》诗,其中有"酒渴漫思茶"的句子,苏轼这句词或许正是从此演化而来。"野人"是乡下人的意思。他看到有一户人家,就主动走上去,敲响柴扉,希望可以看到有人给自己倒杯水。但是这是一个开放式的结尾,至于家里有没有人,他能不能要得到茶水,都是没有解开的悬念。但是悬念并不重要,重要的是这样一幅求水图就此建立起来,让诗歌具有了一种画面感。读者仿佛看见苏轼满头大汗,站在一户农民家的门口,正举起右手,准备叩响那一扇静静的柴门了。

苏轼写诗作文特别讲究"自然"二字,他曾经说过:"作文如行云流水,初无定质,但常行于所当行,止于所不可不止。"写诗作词也都是如此。《宋史》称赞他说："虽嬉笑怒骂之词，皆可书而诵之。其体浑涵光芒，雄视百代，有文章以来，盖亦鲜矣。"就词这一文体来说，苏轼对宋词具有开拓之功，因为他第一次用比较豪放的态度来处理这个问题，将其从晚唐五代乃至宋初形成的绮靡风气中解放出来，令词的表达功能大大拓展。从苏轼以后，词就不再是酒桌上用来助兴的歌谣小调，而真正成为士大夫们重视的文艺形式，并逐渐与诗歌并称"诗词"。

春江晚景
——《惠崇春江晚景》

竹外桃花三两枝，春江水暖鸭先知。
蒌蒿满地芦芽短，正是河豚欲上时。

(北宋) 苏轼

这首《惠崇春江晚景》是苏轼诗歌中的名篇，在今天的知名度也很高。单从字面上来看，读者会觉得这是一首写乡村风景的闲逸田园诗，但却看不出来，这其实是一首题画诗。是先有了惠崇的《春江晚景》这幅画作，才有苏轼的题诗。这就和范仲淹看到朋友寄来的岳阳楼图画之后，自己才写成《岳阳楼记》这一散文名篇是一样的情况。

惠崇是福建建阳人，本身为一名僧人，但宋代的僧人中出现很多擅长诗词书画的人才。北宋初年，有僧侣九人以诗著名，分别是：建阳惠崇、剑南希昼、金华保暹、南越文兆、天台行肇、汝沃简长、贵城惟凤、江南宇昭、峨眉怀古，其中惠崇为九僧之首。惠崇不但擅诗，还特别擅画。北宋郭若虚《图画见闻志》说，"建阳僧惠崇，工画鹅雁鹭鸶，尤工小景。善为寒汀远渚、潇洒虚旷之象，人所难到也"。王安石也将惠崇视为自己最喜欢的作家之一，他的《纯甫出僧惠崇画要予作诗》说："画史纷纷何足数，惠崇晚出吾最许。"明代画家董其昌题惠崇《溪山春晓图》，则将惠崇与五代南唐僧人画家巨然并论，称其二人画作"皆画家之神品也"。可谓赞誉有加。

从苏轼这首诗中，我们不难看出惠崇画作"潇洒虚旷"的风格。与此同时，由于是题画诗，苏轼写得格外特别，对意象非常重视，结果写出了"诗中有画，画中有诗"的效果。

"竹外桃花三两枝。"第一句是说，春天到了。桃树一般在三月下旬四月上旬开花，能够见到桃花初放，说明是初春时节。"竹外桃花"可以有不同的理解。第一，苏轼看画作诗，可能画面上有一簇竹子，在竹子更远的地方有桃树开花，因为更远，所以叫作竹外。第二，古人常常喜欢在住宅周边栽种竹子，以表示清雅。观赏风景的人可能是在屋子里，所以他只能在读书之余抬头从窗子远望一下，结果就隔着竹子看见远处有桃花开放，虽然不多，但是万绿丛中一点红，很是明显。竹子是翠绿，桃花是鲜红，所以两相互相映衬，绿的更绿，红的更红，显得格外美丽。"三两枝"可能是虚数，但更有可能是具体数目。因为是初春桃花乍开，所以看到了才有欣喜的感觉，才能从中得知"春信"。

"春江水暖鸭先知。"春天到了，江水就会由寒冷变得温暖。因为鸭子总是喜欢下水寻找食物，早早就在江中游水。那么这江水如果变暖，它们肯定最先知道。这是通过对动物习性的观察，来体会节气的变化。绘画是空间性很强的艺术，如果意象表达得好，细节描绘得精准，就有可能成为佳作。竹子、桃花、鸭子都是画家观察的对象，苏轼将它们列举出来，也表明了其对惠崇观察细致的赞扬。通过观察动物、植物来体会气候变化的诗歌很多，在中国古代文学研究中常常称之为"物事诗"。苏轼自己就有"春风在流水，凫雁先拍拍"的句子。孟郊《春雨后》诗云："何物最先知，虚庭草争出。"杜牧《初春舟次》诗云："蒲根水暖雁初下，梅径香寒蜂未知。"白居易的"人间四月芳菲尽，山寺桃花始盛开"更是名句。

"蒌蒿满地芦芽短。"这一句还是用植物的生长情况来暗示气候变化，在画中可能正好描绘了蒌蒿和芦苇这两种东西。春天到了，芳草萋萋，青青河畔草。谢灵运"池塘生春草，园柳变鸣禽"，也是写在气候的影响下春草、鸣禽都开始有所动静，也可以理解为他是用这些征候来说明节气之变。蒌蒿，也就是水蒿，在中国大多数地方都很常见，一般三四月间发芽。"蒌蒿满地"说明春气已经的确很盛了，读来有王安石"春风又绿江南岸"的感觉。芦芽短，是指芦苇开始冒出嫩芽来。芦苇每年四月上旬发芽，所以这也是透露出时间的内容。在中国古代画作中，芦苇很常见，一般有芦苇就有水有鸟，表现一种清淡虚冲的境界。在宋代诗歌中，有很多以"芦芽"入诗的例子。方回《晚春客愁五绝》诗云："江外芦芽老，城中柳絮飞。春风犹几日，谁与濯征衣。"李次渊《乾溪铺》诗更是直接用芦芽写农事安排："芦芽抽尽柳花黄，水满田头未插秧。客里不知春事晚，举头惊见楝花香。"

"正是河豚欲上时。"前面三句是苏轼根据惠崇画作写的诗歌，虽然也有可能不是据实书写，但无从判断。这一句却有极大可能是苏轼的想象。河豚，是一种江鱼，味道非常鲜美。每到初春时候，河豚便会逆流而上，到上流产卵。宋代王灼《题五逸竹溪钓艇图二绝》诗云："最爱笋蕨时，恰是河豚上。"严有翼《戏题河豚》诗云："蒌蒿短短荻芽肥，正是河豚欲上时。"这都是和苏轼差不多的笔意。钱钟书在《宋诗选注》中则说，宋代烹饪会将蒌蒿、芦芽和河豚一起做菜，所以苏轼看到蒌蒿、芦芽就会想到河豚，这是"即景生情"。

秋日野景
——《村行》

马穿山径菊初黄,信马悠悠野兴长。
万壑有声含晚籁,数峰无语立斜阳。
棠梨叶落胭脂色,荞麦花开白雪香。
何事吟余忽惆怅,村桥原树似吾乡。

(北宋) 王禹偁

　　王禹偁是北宋初年的诗人,《宋史》称他"词学敏赡"。王禹偁还是贡士的时候曾经受到宋太宗召见,皇帝令他赋诗,结果他很快就作了出来,太宗皇帝很高兴地说"此不逾月遍天下矣"。
　　这首《村行》是王禹偁以乡村所见为题材所写的一首田园诗。

他以自己村行所见入诗，用丰富多变的色彩传递出一幅优美的山村晚秋图，同时以简洁爽快的语言抒发了自己的怀乡之情。其中"万壑有声含晚籁，数峰无语立斜阳"是宋诗中的名句。

"马穿山径菊初黄，信马悠悠野兴长。"这两句应和诗题，交代了村行的时间、方式和地点。诗人此前一年因故被贬为商州（即今天的陕西商县）团练副使，他就是在这里写下这首诗歌。时间已经是初秋，菊花已经开始绽放。诗人这一日闲来无事，就一个人骑马出行，在这村野之间闲逛。他顺着山路一路前行，不是故意去寻找那景色奇特的地方观看，而是信马由缰，优哉游哉地随意游览。就这样，他一路走，一路看，感到无尽的野趣，而自己的兴致也越来越高，一时间忘记了所有的烦恼。"菊初黄"是一个敏锐的细节观察，诗人通过这一细小的地方告诉我们自己游览的季节征候，同时也表明他的出游的确是信马由缰，能够悠然地观看所有细小的景观，而不是一味地奔着知名景观而去。

"万壑有声含晚籁，数峰无语立斜阳。"诗人纵马前行，眼看暮色沉沉，天色向晚，那无数的山峰矗立在远近各处，看上去肃穆不语。就在此时，他却听见那山壑之间传来阵阵鸟叫虫鸣，而山峰相互环绕，犹如是一曲美妙的音乐。较高的地方有几处山峰，在夕阳余晖的掩映下显得温和可亲，它们静静地立在斜阳中，橙色的太阳光线打在石头上，打在树木上，而光亮的地方和背阴的地方又形成色差对比，看起来安静而又祥和。

对这两句诗，钱钟书在《宋诗选注》中曾有过精彩的解读："按逻辑说来，'反'包含先有'正'，否定命题总预先假设着肯定命题。诗人常常运用这个道理。山峰本来是不能语而'无语'的，王禹偁说它们'无语'或如龚自珍《己亥杂诗》说：'送我摇鞭竟东去，此山不语看中原'，并不违反事实；但是同时也仿佛表示它们原先能语、有语、欲语而此刻忽然'无语'。这样，'数峰无语'、'此山不语'才不是一句不消说得的废话……改用正面的说法，例如'数峰毕静'，就削减了意味，除非那种正面字眼强烈暗示山峰也有生命或心灵，像李商隐《楚宫》：'暮雨自归山悄悄'。有人说，秦观《满庭芳》词：'凭栏久，疏烟淡日，寂寞下芜城'比不上张昇《离亭燕》词：'怅望倚层楼，寒日无言西下'，也许正是这个缘故。"

"棠梨叶落胭脂色，荞麦花开白雪香。"与前两句将目光投向遥远的地方不同，诗人这两句将注意力转移到了身边。他的马儿随性而行，一会儿穿过树林，一会儿来到田间地头。他坐在马上，平行地往前看，就能看到各种灌木，往周边看则见到万亩良田。海棠和梨树的叶子差不多开始飘落了，由于秋气的熏染，它们看起来仿佛是胭脂色的，珊珊可爱。田地里的荞麦也到了开花的季节，满眼望过去仿佛是一夜春风来千树万树梨花开，充满了香味儿，而又让人不由想象那是白雪的味道。

"何事吟余忽惆怅，村桥原树似吾乡。"这末尾两句则透露出诗人在此时此刻情不由己的心情。他本来是出来游玩的，骑马观景也很开心，但是到了此时此刻却突然莫名其妙地惆怅起来。他不由地扪心自问，这到底是为什么呢，怎么吟诗完毕就不开心了呢？想了半天，他终于明白了，原来眼前的村庄、桥梁、树木都和自己家乡颇为相似。诗人看到了故乡的风物，但是却发现这不是自己的故乡，难免是要感慨的吧。

　　王禹偁这首诗写得朴实明快，没有轻佻气息，这与宋初的诗坛风气是迥然不同的。当时流行的是西昆体，延续了晚唐五代绮靡的诗风，讲究辞藻和音调，追求辞藻华美、对仗工整。王禹偁则尽力纠正这种风气，师法白居易和杜甫，开创了宋诗的新风气。别人学杜甫，强调杜甫能够"尽得古今之体势"，他则看重杜甫能够推陈出新，还专门写诗赞美这一点。从他对宋诗风格的贡献上来说，倒也算是学杜有成。

田家乡怨
——《田家语》

谁道田家乐？春税秋未足！里胥扣我门，日夕苦煎促。
盛夏流潦多，白水高于屋。水既害我菽，蝗又食我粟。
前月诏书来，生齿复版录；三丁藉一壮，恶使操弓韣。
州符今又严，老吏持鞭朴。搜索稚与艾，惟存跛无目。
田间敢怨嗟，父子各悲哭。南亩焉可事？买箭卖牛犊。
愁气变久雨，铛缶空无粥；盲跛不能耕，死亡在迟速！
我闻诚所惭，徒尔叨君禄；却咏归去来，刈薪向深谷。

(北宋) 梅尧臣

梅尧臣是宋初反对"西昆体"绮靡诗风的重要文人，史称"工为诗，以深远古淡为意，间出奇巧"，甚至说"宋兴，以诗名家为世所传如尧臣者，盖少也"。这首《田家语》是一首以田家生活为题材的五言诗歌，用平铺直叙的方法写出农家生活的悲苦，在字里行间则流露出诗人对农民的无限同情。

梅尧臣为此诗写有一个小序："庚辰（1040年）诏书，凡民三丁藉一，立校与长，号弓箭手，用备不虞。主司欲以多媚上，急责郡吏；郡吏畏，不敢辩，遂以属县令。互搜民口，虽老幼不得免。上下愁怨，天雨淫淫，岂助圣上抚育之意耶？因录田家之言次为文，以俟采诗者。"这一年宋朝要攻伐西夏，所以官府决定多征壮丁以便补充军备需要，而下面的官吏为了完成任务就不分年纪大小，强行征夫，结果导致民间哀怨重重。这首诗歌的写作背景就是如此。

从结构上看，诗歌可以分为四个部分：第一部分为"谁道"八句，写农家平日里的生活状况；第二部分为"前月"八句，写征夫给乡民生活带来的困扰；第三部分为"田闻"八句，写民间生活的苦状；第四部分为末尾两句，诗人歌以咏志。

"谁道田家乐？春税秋未足！"自古以来大家都说田家生活安逸、平淡，是一个乐园般的所在。但是这到底是谁说的呢？田家的生活事实上又是怎样的呢？让我来告诉你们，春天的税收，到了秋天我们还交不上。税收就是这样多，我们的生活就是这样辛苦。里巷的官吏们天天来我家敲门督促，苦苦相逼。可是我们哪里是不想按时按数纳税呢？我们实在是交不起啊。今天夏天下雨比较多，有些地方大水成灾把房子都给淹没了。大水使得我们的庄稼没有收成，这还不算完，接下来又出现了蝗灾，这一来粮食又损失大半。我们自己都快要吃不上饭了，哪里还有余粮给国家交税呢？

"前月诏书来，生齿复版录。"这下面的八句是写官方新的军事命令给地方带来的灾难。上个月官方诏书颁布，说是要重新登记人口。每三人就要征夫一个，让他们放下锄头去改练弓箭。这本来就已经打扰了我们的农业生产安排，但是国家的事情总得支持，前线军事有需要，我们也无话可说。近来上级官员催逼得实在厉害，我们这里的官吏也更加紧紧相逼，每天拿着鞭子抽打我们，到处搜罗男丁，也不分是不是十岁的孩童，也不管是不是已经白发苍苍。眼看着我们村子里的男人几乎都被征调走了，只剩下些瘸子和瞎子实在无法上前线，才得以豁免。随着军事征调的日益严厉，村庄里的男劳力已经几乎为之一空，那么接下来要面对的，当然是农耕没有人可以操持，粮食注定又要减产。

"田闾"八句写征夫给村子里带来的恶果。官方征夫，老百姓们是敢怒不敢言。父子离别的时候，唯有相互抱头痛哭，将来生死各由天命了。人一个个地走掉了，那田里的庄稼怎么办呢？还有谁来管呢？且不要说这个吧，就连那耕牛和小牛犊也不得不被卖掉好去准备买弓箭。人也没有了，牛也没有了，田地算是要荒芜了。大家心气越来越低沉，天公也不作美，连日里下雨，眼看又要遇上一个灾年了,我们的碗里锅里早就没米了。先前侥幸留下来的瘸子和瞎子,没有生计的途径,死不死已经不是问题,就看什么时候死去了。

最后两句是诗人见此情景,心中哀戚,发出的哀叹之音:"我闻诚所惭,徒尔叨君禄;却咏归去来,刈薪向深谷。"诗人听了他们的哭诉,感到内心非常惭愧,真是吃着你们供应的粮食,却不能为你们排忧解难。"归去来"指的是陶渊明的《归去来兮辞》。诗人暗示自己对于现实政治的不满,觉得还不如辞官归去,在深山中做个樵夫,即使不能"兼济天下",起码也能够"独善其身"。

梅尧臣作诗力主"平淡",诗风受王维、孟浩然影响不小,在宋初影响很大。除了作诗,他在诗歌理论方面的见解也颇为不俗,曾经和人说:"凡诗,意新语工,得前人所未道者,斯为善矣。必能状难写之景如在目前,含不尽之意见于言外,然后为至也",别人都以为说的很对。梅尧臣喜欢喝酒,"贤士大夫多从之游,时载酒过门",他也比较善于谈天,且颇为豁达。从他的生活经历来看,此人也颇有些清流色彩,真可谓是"文如其人"。

诗画同构

——《早晴至报恩山寺》

山石巉巉磴道微，拂松穿竹露沾衣。
烟开远水双鸥落，日照高林一雉飞。
大麦未收治圃晚，小蚕犹卧斫桑稀。
暮烟已合牛羊下，信马林间步月归。

（北宋）文同

文同，字与可，是比苏轼大十八岁的一个表亲，也是好朋友。这位表亲是画竹子的高手，苏轼有一篇《与文与可画筼筜谷偃竹记》就是写给他的。这篇文章非常有名，“胸有成竹”这个成语就出自其中，而这本来是用于形容文同画竹子水平之高：“画竹必先

得成竹于胸中，执笔熟视，乃见其所欲画者，急起从之，振笔直遂，以追其所见，如兔起鹘落，少纵则逝矣。与可之教予如此。"北宋名臣文彦博见到他，认定他是一个奇才，曾写书信称赞他说："与可襟韵洒落，如晴云秋月，尘埃不到。"只有知道了他是一个什么样的人，我们才能更好地领略他的诗歌。

诗题《早晴至报恩山寺》，说明了诗人此行的时间和地点，他是趁着天气晴朗，来到报恩山寺做一日的闲游。报恩山寺，即今天苏州的中锋禅寺，位于苏州市西郊的小华山上。文同于宋神宗元丰初年到浙江湖州做官，距离此地不远，大略就是当时有机会到报恩寺游玩时写了这首诗。诗歌用形象性思维阐述了报恩山寺的美景，全诗充满诗情画意，读来有"诗中有画，画中有诗"的妙趣。

"山石巉巉磴道微，拂松穿竹露沾衣。"诗人很早就出发了，或许是想要趁着清晨的凉爽赶紧爬上山头，以便能够更多地欣赏山中的美景。山间石头非常高而又非常险峻，看起来层层壁立特别艰险。要想到达寺庙，就必须沿着窄小的山道缘径而行。可是这也不算什么，只要最终能够到达，诗人就心甘情愿。他不时要拨开浓密的松树枝杈，还要穿越一片相当茂密的竹林，最终才能到达寺庙。当他终于站在山顶，看到"报恩山寺"的牌匾时，身上的衣服已经湿漉漉地沾满了晨露。

中间两联是非常工整的对偶句。"烟开远水双鸥落，日照高林一雉飞。大麦未收治圃晚，小蚕独卧斫桑稀。""烟"对"日"、

"大麦"对"小蚕"、"远水"对"高林"、"双鸥"对"一雉",诗人运用一系列意象勾画了一幅美妙的山寺盛景图。通过这些具体的意象,读者能够相当贴切地体会到诗人自己的实地感受,而且几个动词的运用也让图景显得活泼生动而不是死气沉沉的刻画。"烟开"两句描绘了远山高林、野鸟飞翔的生动画图。只见早晨山间的雾气逐渐散去,诗人登高远望,看见远处的水面上两只鸥鹭在次第飞翔。这两只鸥鹭此时在朝阳的辉映下齐齐从天而降,飞落在沙滩上面,令人感到格外欣喜。这边是鸟儿从上往下降落,那边却有一只色彩鲜艳的雉鸟扑棱着翅膀从密林中蹿出。远近、上下相互结合,不同的颜色、不同的方位,让诗歌充满了空间色彩,也就富有了强烈的画面感。"大麦"两句写春夏之交收麦还早,幼蚕还未长大,所以场圃还没有收拾齐整,桑叶也还没有怎么采摘。与前两句相比,此处又给人一种相当安静的感觉。句子与句子之间也产生了情绪和感受上的错落感,参差交叉,显得格外有层次感。

结尾两句告诉我们,诗人已经游玩了一天,决定要踏月而回了。"暮烟已合牛羊下,信马林间步月归。"暮色四合,天色黑下来就犹如烟尘弥漫一样,将整个世界、整个山峰、整个寺庙包裹起来。由于远处的景观总是最先朦胧起来,所以人们觉得那暮色不是一下子降临,而是从四面八方逐渐合拢起来一样。牛羊也都陆续归栏,人们也陆续回到家中。此时诗人的心情也颇为愉悦,从山上下来之后,他就骑马踏月而归。至于这骑马踏月而归是怎样一种心情,你只要想一想那清脆的马铃声,再想一想皎洁的月光之下骏马前行的场景,就足够了。诗人正是将画艺中的布景方式和布局结构运用在诗歌中,让诗歌具有了一种强烈的空间感和画面感。

就诗歌的水准来说,文同依然深受宋初梅尧臣等人的影响,"朴质而生硬",和北宋中后期讲究辞藻、铺排典故的做法还是比较不同。他的特别之处在于,自己首先是一个画家,善诗、文、篆、隶、行、草、飞白,所以惯于在诗歌中描摹天然风景而采用的却是绘画的技法。钱钟书认为,正是从文同这里开始,中国文人才第一次用已经存在的画作来形容当前的风景,比如说某处风景仿佛是宋人的《瑶池图》。比如《晚雪湖上寄景孺》云"独坐水轩人不到,满林如挂《暝禽图》",直接用名画来形容山水;又如《长举》诗云"峰峦李成似,涧谷范宽能",用画家来表示当前山水的风格;《长举驿楼》诗云"君如要识营邱画,请看东头第五重",也是用画家的画风来比拟眼前所见的山水形胜。因为这个缘故,读者在文同的诗歌里面,或许会看见许多国画的影子。

远人思乡
——《踏莎行·郴州旅舍》

雾失楼台,月迷津渡,桃源望断无寻处。
可堪孤馆闭春寒,杜鹃声里斜阳暮。
驿寄梅花,鱼传尺素,砌成此恨无重数。
郴江幸自绕郴山,为谁流下潇湘去?

(北宋)秦观

这首词是秦观于宋哲宗绍圣四年(1097年)贬谪郴州时在旅舍所写,通过山水描写,借景抒情,表达了自己含糊朦胧,然而又异常浓烈的去国怀乡愁绪。郴州,即今天的郴州市,位于湖南省东南部。词的大意是写羁旅之愁,词人哀怨欲绝,心情极为凄厉。上阕写旅途景色，已有归路茫茫之感。下阕写和友人互通讯问，但是反而更加增添了心中的愁情。结尾引"郴江"、"郴山"，用自然风景比喻人的分别，自然之极，沉痛已极。据说苏东坡当年读到这首词，大为赞赏，爱不释手。

"月迷津渡，桃源望断无寻处。"这句词可以有双重理解。第一种，桃花源是陶渊明在《后搜神记》中记载的避世隐居之地，后来也被视为是理想的神仙境界。秦观此时仕途不顺，这是有隐居的意图。第二种理解，桃花源在湖南武陵，即今天的常德附近，位于湖南省西北部。从郴州看桃源，是从南向北，也是秦观怀乡或者怀念京城师友的意思。所谓"月迷津渡"也就可以看作是前路迷茫，没有办法传递问候的意思。

"可堪孤馆闭春寒，杜鹃声里斜阳暮。"这两句是秦观有名的写景词句。王国维《人间词话》说秦观的风格是"凄婉"，而这一首词已经是"凄厉"，也就是更加哀愁、更加伤悲。孤馆闭春寒最是凄厉，因为一个人独处"孤馆"本来就已经够寂寞的了，偏偏还是春寒时候，一个"闭"字让这寒意更加增添十分。其实"孤馆"未必是说他住的旅舍孤零零地矗立在那里，而是因为人太孤独，所以移情化地认为那旅舍也是"孤馆"了。"杜鹃声里斜阳暮"，用向来代表凄楚的鸟和残阳相互叠加，也是反复书写凄楚的情绪。"斜阳"和"暮"表达的是同一种感觉，即傍晚时分的寒冷清凉。秦观好友黄庭坚一度以为这两个字语义重复想要改正，但始终找不到更合适的字眼。其实,唐人诗句中类似的用法就很常见,如刘禹锡"朱雀桥边野草花,乌衣巷口夕阳斜"。明清不少诗人也都为秦观变化,认为此处写得"高绝"。

"驿寄梅花,鱼传尺素,砌成此恨无重数。"前面两句都是用典。三国时有一个叫陆凯的人,给朋友写了一首诗:"折梅逢驿使,寄与陇头人。江南无所有,聊赠一枝春。"秦观和陆凯一样,都是因为思念亲朋好友,所以想要传递消息给对方。"鱼传尺素"则是借用汉朝的古诗《饮马长城窟行》,"客从远方来,遗我双鲤鱼。呼儿烹鲤鱼,中有尺素书"。远方来信,期待已久的家人自然相当开心。这两个典故,一个写寄信,一个写收信,一来一往,表明秦观在和友人的声讯来往中,反而愈发愁苦,以至于哀愁层层累积,也不知道有多少。"砌"字是形象化的说法,这哀愁就犹如建筑城墙一样,一层层地往上叠加,终于高到数也数不过来。

"郴江幸自绕郴山,为谁流下潇湘去?"郴江是郴州的一条河,向北流入湘江。前人认为,这两句词可能是从唐诗"沅湘日夜东流去,不为愁人住少时"(戴叔伦《湘南即事》)演化而来。秦观这两句的意思,也就可以理解为,郴江绕着郴山徘徊不去,两情愉悦,不也是很好么?你为什么偏偏要一路向北,流入湘江呢?你是为谁流去的呢?不过,和前人的诗句相比,秦观在句法方面相当有创新,让不会说话的山水有了人的特质。据说苏轼对此非常欣赏,还特地将这两句词写成扇面。

这两句看起来很简单，其实理解起来也非常不确定。第一种理解：秦观是以郴江做自己的比喻，不如在此安于恬淡生活，不要再去想往仕途生活；第二种理解：虽然这里过着远离党争的生活，安贫乐道也很好，但是秦观无法忘怀北方的师友，所以还是愿意为了他们重新回去。当他能够见到他们的时候，也就犹如郴江汇入更为广阔的湘江一样，会有无穷的动力和更好的生活。

秦观，字少游，一生仕途多舛，造成他的诗词也大多凄厉伤悲。他中进士之后，在苏轼的推荐下做了秘书省正字兼国史院编修，但在绍圣初年因为朝廷党争而被贬。此后，他就过着颠沛流离的生活，从郴州到横州，又到雷州，越来越偏远，越来越艰辛，终于盛年而卒，死的时候年仅51岁。无论是写诗还是作词，秦观都在文字上很下功夫，朋友们说他"铢两不差"，简直如同是从秤盘、算盘上找字汇一样。因此之故，他的诗词往往太过纤巧，以至于金人批评他"妇人语"、"女郎诗"。南宋有人说他，"如时女游春，终伤婉弱"。

病中愁思

——《病起荆江亭即事》

翰墨场中老伏波,菩提坊里病维摩。近人积水无鸥鹭,时有归牛浮鼻过。

(北宋)黄庭坚

《病起荆江亭即事》是北宋诗人黄庭坚在宋徽宗建中靖国元年初写的一组诗歌,当时他疾病初愈。组诗一共有十首,这里选取了其中一首。黄庭坚与苏轼并称"苏黄",为有宋一代最有代表性的诗人。他的诗歌很多是写个人生活,在艺术上讲究"无一字无来历",用典故特别多。所以,我们看这一首诗,明明觉得是一首田园诗,但也可能觉得比较干巴,和以往所见的田园诗风趣相当不同。但是,它写的却的确是家园中的事情。

第一句，"翰墨场中老伏波"，这是诗人自况，将自己比为是文坛上的老将。"翰墨"二字其实就是"笔墨"的意思，泛指文章、书法、绘画等，也可以简单地理解为文坛。三国魏曹丕《典论·论文》："古之作者，寄身于翰墨，见意于篇籍。"《宋史·米芾传》记载，书法家米芾这个人"特妙于翰墨，沈著飞翥，得王献之笔意"。黄庭坚自己是书法、诗歌精绝，书法方面与苏轼、米芾和蔡襄并称为"北宋四大家"，诗歌则有"苏黄"之称。到建中靖国元年，他已经五十六岁了，所以自称"老伏波"。"伏波"指的是汉代伏波将军马援，此人在六十二岁的时候还能够上战场为汉武帝开疆拓土，非常厉害。黄庭坚这样写，一方面是根据年纪比较客观地形容了自己在文坛上的地位；另一方面，也是表示老骥伏枥、志在千里，依然怀有旺盛的创作欲望，不会因为这次生病而衰颓。

第二句"菩提坊里病维摩"是用佛经里的典故来比喻自己。钱钟书解释这一条说，"佛经里说如来佛在菩提道场得道，又讲起维摩诘害病。黄庭坚参禅信佛，做过戒绝女色和荤酒的《发愿文》，作诗时年纪五十六岁，生了个疽刚好"。大意就是说，自己是生病的老和尚。其实，这句话还有别的理解方式。维摩即维摩诘，是佛教早期的著名居士，本意是"洁净、无尘垢"。"病维摩"首先就与维摩本身意思相对，强调这不是正常状态的自己。在佛教历史记载中，维摩诘有一次号称生病了，但是如来佛知道他是装病，就特别指派智慧菩萨文殊菩萨去探望，结果两个人见面之后辩论起佛教义理,妙见迭出,精彩绝伦,令在场罗汉无不惊呆。黄庭坚把自己比作"病维摩",或许也有暗示自己对文章的理解又有了精进的意思。

以上两句其实也可以互文性地理解,即黄庭坚说,我的病刚好,如今就像是文坛上的老将军一样,又像是寺庙里的老和尚。年龄是大了一点,但是还愿意写东西,还能够参禅。后面两句是他写了一点风景,但是钱钟书却说他写的很逼仄,不是风景。

第三句,"近人积水无鸥鹭"。这句话是说,诗人从眼前的窗子望出去,看到附近的水池子,里面很平静,没有鸥鹭一类的鸟儿飞过。这让人感到,此地生活相当无聊。只有一潭所谓"积水",称不上湖泊,更不要说江湖了。水太浅,太小,所以招引不来鸥鹭这样的鸟。

第四句,"时有归牛浮鼻过"。这句话写的很有意思,就是说有从田里归来的牛在"积水"即池塘里穿过。这或许告诉我们,刚好有耕牛下水洗澡,所以只看得见牛鼻子,看不见身子。因为牛已经下田了,所以只会是傍晚时分。我们从这一个小细节里,能够体会得到暮色四合时分,一个身体刚刚恢复的诗人,看到农民们从田地里回家,大家都在奔向温暖的小家庭,等待着晚饭时分的到来,还是比较温馨的一幕。这简单的一件事情,仍然用典了。唐朝诗人陈咏有"隔岸水牛浮鼻渡,傍溪沙鸟点头行"的句子,但是和黄庭坚此句相比,意思就要差一点。

这四句诗每一句分开看，似乎都很有意味，但是拼贴起来，会让人觉得有些莫名所以。其实，这与当时的政治气候有关系。诗歌也并非简单的田园诗，而是带有一定的政治含义。先前，黄庭坚等人和另一派官员因为政见不同，闹得难解难分，这一派当政就贬黜另一派，那一派重新回到朝廷就立即贬黜这一派。此时，宋徽宗登基不久，有意调和两派的矛盾，所以决定重新启用黄庭坚这一批人。因此，黄庭坚正是在湖北江陵得到征召消息时写下这首诗。"病起"既是说自己当时身体康复，也含有政治上要东山再起的意思。老伏波将军，则意味着自己仍然能够为朝廷做事，表达了自己的抱负。病维摩，则是说自己虽然生病，但其实能力还是很高超，能够承担责任。后面的两句，则是写眼前景，说此地荒凉，只适合农耕之人，不适合自己这样的"鸥鹭"潜居。"归牛"才在这样的积水中生活，而自己需要更大的水面才能挥洒才能、自由飞翔。

读完这首田园诗，读者一定会感叹很辛苦，不像读其他田园诗那么快乐。然而，在某种程度上说，黄庭坚却几乎是宋朝以来最重要的诗人，因为从他开始，形成一个以他为鼻祖的"江西诗派"，在后世的数百年中影响非常大。这一派诗人强调对杜甫的学习，而其学习的关键在于"无一字无来处"，即强调以学问为诗。所以，他们的诗歌，其中充满了典故。黄庭坚说，"老杜作诗，退之作文，无一字无来处；盖后人读书少，胡谓韩杜自作此语耳。古之能为文章者，真能陶冶万物，虽取古人之陈言入于翰墨，如灵丹一粒，点铁成金也。"这段话被江西诗派的后辈奉为圭臬，认真地执行。但是这种做法也很有弊端，钱钟书就指出来，读书多的人或许能够看得出来他把"古人陈言"点铁成金了，知道他在说些什么；但是读书少的人，可能就"只觉得碰头绊脚无非古典成语，仿佛眼睛里搁了金沙铁屑，张都张不开，别想看东西了"。这样一来，后世的人注释黄庭坚的诗歌总是疑神疑鬼，担心在寻常字句里有什么典故藏着。钱钟书用了两个很形象的成语来形容这种现象，说是"草木皆兵、你张我望"。不过，和晚唐一些喜欢用典的诗人如李商隐相比，黄庭坚的诗歌不会让人感到朦胧难懂，而是都有着实在的意思。只要读者能够弄明白他用的典故，就一定能够看出来诗歌的确切意思，明了他的心思，所以钱钟书说他的诗歌是"生硬晦涩"，"仿佛冬天的玻璃蒙上一层水汽、冻成一片冰花"。黄庭坚自己曾经批评一种道听途说的艺术言论是"隔帘听琵琶"，意思是说，咫尺千里，弄得大家听得见声音却看不明白，但其实这也可以形容他自己。

辑四 善避世求独

病起赋诗
——《鹧鸪天·鹅湖归病起作》

枕簟溪堂冷欲秋,断云依水晚来收。红莲相倚浑如醉,白鸟无言定自愁。

书咄咄,且休休,一丘一壑也风流。不知筋力衰多少,但觉新来懒上楼。

(南宋)辛弃疾

这首词是辛弃疾罢官闲居期间所作的田园词,地点为江西上饶。他从鹅湖这个地方归来之后生了一场大病,病情好转之后,他触景生情,突然觉得自己精力衰微,百感交集。词人用形象丰富的语言,描述了一片清幽疏朗的环境,将自己的愁情苦绪借景抒发,展现了一个志在天下的英雄如今穷愁末路的无奈与悲凉。

《鹧鸪天》，又名《思佳客》、《思越人》、《醉梅花》、《于中好》等。《填词名解》说，词牌名来自晚唐诗人郑嵎诗句"春游鸡鹿塞，家在鹧鸪天"。"鹧鸪"在宋代当是一种笙笛类乐调。《宋史·乐志》说："今大乐外，有曰夏笛鹧鸪，沈滞郁抑，失之太浊。"有不少诗人在作品中提及这种音乐，如许浑《听歌鹧鸪》诗："南国多情多艳词，鹧鸪清怨绕梁飞"，又如郑谷《迁客》诗："舞夜闻横笛，可堪吹鹧鸪？"再如元朝马臻诗："春回苜蓿地，笛怨鹧鸪天。"

诗题"鹅湖归病起作"，说明了这首词的写作背景。诗人在鹅湖这个地方作了一次旅行，回来之后就生病了，如今终于康复，于是就写下这首词抒发病中以及如今的心情。其中的"鹅湖"是一座山的名字，在今天的江西铅山。晋朝末年，有一家族姓龚，曾在此大量养鹅，因此得名。宋代理学大家朱熹、吕祖谦、陆九渊等人于宋孝宗淳熙二年（1188年）曾经在此交流学术，号为"鹅湖之会"。淳熙年间，辛弃疾友人范开在鹅湖修建了一座别墅。由于上饶与鹅湖相邻不远，或许是受到范开的邀请，辛弃疾和朋友常常到鹅湖游览。另一位南宋著名词人陈亮此时和他同游，两人长歌相乐，成为词坛上有名的鹅湖之会。

"枕簟溪堂冷欲秋，断云依水晚来收。红莲相倚浑如醉，白鸟无言定自愁。"上阕四句写词人病体康复，起来顾盼周围景色。第一句写枕头和席子都已经有些凉了,由此点出气候变化,如今已经是夏末秋初。看那远处的暮云,因为天色将晚,显得贴近水面,仿佛是紧紧贴附着水面而马上就要收起来的云锦一般。这两句一近一远,相互呼应,道出一种转折的感觉:盛年不再,已到垂暮。节气上是从热烈、浓郁的夏天,转向清冷、凋落的秋天。时间上,是从酷热的下午转向暮色四合的傍晚乃至黑夜。后面两句是以红莲、白鸟的状态自况。莲花仍旧红艳,相互依靠着,仿佛沉醉于这暮色天气。一只白鸟自己站在那里,定定地不说一句话,仿佛暗自哀愁。这白鸟就是诗人自己,他眼看着周围的红艳世界但是却有一肚子的哀愁无处诉说,只能"无言定自愁"。

"书咄咄,且休休。"意思是,要尽量放弃自己之前的抱负,不如做一个散淡安逸的闲适之人。《旧唐书·司空图传》记载,司空图写有一篇《休休亭记》云:"休,美也。既休而美具。谓其才,一宜休也;揣其分,二宜休也;耄而聩,三宜休也。而又少而坠,长而率,老而迂,是三者皆非济时之用,则又宜休也。"这是说,要忘记和世俗仕进有关的东西,不再追求功名利禄。司空图还写过一首《耐辱居士歌》:"咄咄!休休休!莫莫莫!伎俩虽多性灵恶,赖是长教闲处着。"辛弃疾这首词大概就是从此演化而来,表达自己决心不问世事,一心隐居田园,做一个"长教闲处"的人。

"一丘一壑也风流",意思是说,如果能够做到不问世事,就此闲居旷野,那么即便是山水丘壑也自有其可以欣赏的地方,生活一样可以风流快意。《汉书》记载了班嗣写给朋友的一封信:"渔钓于一壑,则万物不奸其志;栖迟于一丘,则天下不易其乐。"意思是说,只要能够做到自由自在,那么就什么也不能改变其志向,什么也不能侵夺其快乐。《世说新语》里记载晋明帝和谢鲲的一次对话,皇帝问他说"论者以君方庾亮,自谓何如?"谢鲲答道:"端委庙堂,使百僚准则,鲲不如亮;一丘一壑,自谓过之。"意思是说,如果论经国济世,我或许不如庾亮,但是要比对自然之妙的理解,我却比他要强一些。辛弃疾在这里等于是剖白心迹,决心渔樵隐居。

"不知筋力衰多少,但觉新来懒上楼。"词人念及于此,恍然觉得自己和年轻时候比已经衰颓不少,也没有什么青春朝气,不愿意再上楼观赏风景。"上楼",其实是隐喻对仕途、对功业的追求。辛弃疾自己有《水龙吟·登建康赏心亭》词,其中有"把吴钩看了,栏杆拍遍,无人会,登临意"的词句,感慨别人不能理解自己的抱负。此处不愿意上楼,则意味着已经放弃了先前的志向,也隐隐含有英雄暮年的伤感之情。这两句其实是从唐朝诗人刘禹锡《秋日书怀寄白宾客》"兴情逢酒在,筋力上楼知"转化而来,不过诗句简明概括,写成词之后则显得摇曳多姿。

辑四 善避世求独

宋元明清

夏日西湖畔
——《晓出净慈寺送林子方》

毕竟西湖六月中，风光不与四时同。

接天莲叶无穷碧，映日荷花别样红。

（南宋）杨万里

杨万里是南宋诗人，与尤袤、陆游和范成大并称"中兴四大诗人"。当世知名学者钱钟书认为，杨万里"是诗歌转变的主要枢纽，创辟了一种新鲜泼辣的写法"，令陆游等人的风格显得有些保守，宋人严羽在《沧浪诗话》中称之为"杨诚斋体"。《晓出净慈寺送林子方》是杨万里写给友人的送别诗，取材自然，兴趣随意，抒写了个人生活的安逸和放达。

净慈寺是西湖南岸的著名古寺,为五代十国时期越国所建,与灵隐寺并为西湖南北两大名刹,正所谓"两峰胜概山僧得,好为南屏一写图"。由于寺内钟声洪亮,"南屏晚钟"为西湖十景之一。晚明张岱曾写诗记述此景,"叶气瀹南屏,轻风薄如纸,钟声出上方,夜渡空江水"。此外,雷峰塔也坐落在该寺内,雷峰夕照与南屏晚钟同列"西湖十景"。由于此地风光特别,视野空阔且山水美丽,历来为文人喜欢的栖居之处,明朝著名诗人袁宏道(与兄袁宗道、弟袁中道并称"公安三袁")就一度长居寺中。

就是在这样一座名寺中,诗人与林子方言笑晏晏,共同度过短暂的愉悦时光。此时此刻,林子方不得不离别远行,诗人出门送别这位好友。本来是分别的时刻,应该会让人觉得多少有些难过,屈原诗云"悲莫悲兮生离别,乐莫乐兮新相知"。但杨万里的心情却并不如此老套,他看到的是无边风月。

在送别林子方时,两个人一边继续切磋这两日的讨论话题,一边享受西湖的美景。如今正是六月中,是西湖最美的时候。西湖坐落在都城临安,地理位置优越,而风景名胜历来为人称赞,这正是良辰美景赏心乐事,风光更加与别地别时有所不同。他们两个人看到的是什么样的美景呢?有名的风流才子柳永有一阕词名为《望海潮》,写的就是西湖美景,词云:

"东南形胜,三吴都会,钱塘自古繁华。烟柳画桥,风帘翠幕,参差十万人家。云树绕堤沙。怒涛卷霜雪,天堑无涯。市列珠玑,户盈罗绮、竞豪奢。

重湖叠巘清佳。有三秋桂子,十里荷花。羌管弄晴,菱歌泛夜,嬉嬉钓叟莲娃。千骑拥高牙,乘醉听箫鼓,吟赏烟霞。异日图将好景,归去凤池夸。"

这一阕美词将西湖写得如同画中山水,远近得宜,动静皆有。不过杨万里是在早晨送朋友离开,景色要清静得多,而他也没有将笔墨太过分散地落在那么多美景上。他眼中只看到远到天际线的碧绿荷叶,以及那在朝阳清露中迎风摇舞的红艳荷花。所谓"出淤泥而不染,濯清涟而不妖",荷花在中国传统文化中素来是洁身自好的代名词。林子方因为受到秦桧的排挤不能在朝中为官,仕途颇有波折。诗人此番为林子方送行,也是在为友人祝福,"你看那碧波中的荷花,在朝阳之中别样鲜红,你也应该如同这荷花一样,出淤泥而不染,濯清涟而不妖,继续保持你的本色"。

就诗歌艺术来说,杨万里写诗能够"步后园,登古城,采撷杞菊,攀翻花竹,万象毕来,献余诗材",即写诗题材放大到现实生活中的各个方面,在家能诗,登高能赋,做到世间万象都可以做诗歌素材。《晓出净慈寺送林子方》用语浅显、通俗,而其中的"别样"更是宋人口语入诗,在古代诗歌写作中显得很是泼辣。苏东坡曾写诗谈自己的写作理念:"东南山水相招呼,万象入我摩尼珠"。这几乎同样可以用来概括杨万里的写作境界,即涵盖万千,气象宽广。因此,钱钟书称赞他写诗"很聪明、很省力、很有风趣",可是由于常常一挥而就,也有不少比较轻率的作品。

村居之乐
——《移居东村作》

避地东村深几许？青山窟里起炊烟。

敢嫌茅屋绝低小，净扫土床堪醉眠。

鸟不住啼天更静，花多晚发地应偏。

遥看翠竹娟娟好，犹隔西泉数亩田。

（南宋）王庭珪

王庭珪是两宋之交的诗人，他曾因为抵触秦桧而被罢免官职，在当时士林之中颇有贤声。南宋四大诗人之一的杨万里，便是他的门生。王庭珪的诗歌比较明快晓畅，这首《移居东村作》以简洁明快、清新质朴的语言记录了诗人迁居东村经历，并用幽静的村居风景表达了自己"避地"的心思。从他的经历来看,这应当是他隐居时的作品,通过对村野风光的描绘,表达了自己离弃世俗,避祸乡野的心态。

从诗歌结构上看,首联到尾联基本上是次第深入,从村外到村内,再到室内,后两联则从前两联的由外入内转而变成由内至外视角。全诗结构清晰,脉络顺畅,内外呼应地描绘了一幅适合隐居的田园图。在别人看来是穷乡僻壤,在他看来却是桃源仙境;在别人看来是鸟儿聒噪、春气迟来,在他看来却是"结庐在人境,而无车马喧"一样的所在。正是通过这种外在环境的描写,诗人才将自己的心境放松,所谓"遥看翠竹"不妨说是诗人自己的心情就犹如这娟娟细竹一样无限美好,所谓"犹隔西泉数亩田"不妨说是诗人与世俗相距很远、自己的心情则变得阔达自如。

"避地东村深几许?青山窟里起炊烟。"诗人曾经辞官归隐,后来又遭遇秦桧恶意诽谤被迫归于乡野。这首诗歌有可能是在这两个时期写作。为了躲避世俗烦忧,诗人决定找一个地方隐居,也就是"避地"。他找到了东村,那么这个地方够偏僻吗?所谓"东村深几许",就是想知道这个地方是不是足够远离肮脏的官场。一般隐居都是写某村位于某山中,但是王庭珪选择的地方甚至更加偏僻,不仅是在山中,而且是在山中的一个"洞窟"里面。炊烟从这洞窟中冒出,那就是我要去的地方。这当然只是夸张,人们不可能住在山洞里面。

"敢嫌茅屋绝低小，净扫土床堪醉眠。""敢嫌"其实是不嫌弃的意思。诗人要住的那一间茅屋可能非常简陋，也没来得及收拾。他来到这里一看，原来这么低矮，这么狭小，这么破旧。窗户是破窗，只不过贴了几张纸，床也是土炕，连个好褥子都没有。但是诗人不介意，他只想着可以远离官场就好。找来一把扫帚，将这床上的灰尘和杂物扫除干净，他就能在上面酣睡，犹如饮醉之人一样睡得深沉睡得安宁。

以上两句是写诗人从村外来到村内，进入屋内，打扫庭除，终于安置下来。既然已经住进来了，就要看看周围的环境，感受一下村居的快意。从这种转变之中，我们看得到诗人匠心独运的视角转变、动静结合、物事转换，使得一首迁居诗歌变得摇曳多姿、风神独具。

"鸟不住啼天更静，花多晚发地应偏。"第一联里提及"炊烟"，炊烟升起的时候一般就是做饭之时，但我们也没有办法揣测这是中午还是晚上。但午饭的时候，人们都在家中歇息，往往外面也就比较安静。诗人听不见人语，只听得见鸟啼的声音。山中鸟儿众多，鸣叫起来也没有个结束的时候。但是诗人觉得"蝉噪林逾静，鸟鸣山更幽"，从那聒噪的声音中，反而感受到一种静谧的感觉。他仰望苍天，感觉到自己远离官场，顿时心情大好，耳根清净。白居易有句诗叫作"人间四月芳菲尽，山寺桃花始盛开"，写出山上的植物比山下开花更晚，因为两地的气温不大一样。诗人在东村也敏锐地注意到,这里的有些花开得要比此前住处要晚,那边已经凋谢,这边还正盛开着。这让他觉得,自己如今所住的地方果然是远离了喧嚣和吵闹,是一个足够偏僻和宁静的隐居福地。

"遥看翠竹娟娟好,犹隔西泉数亩田。"最后一联写诗人纵目远望,只见远处有一片竹林苍翠欲滴,看起来格外美好。这竹林和自己的住处之间,尚且隔着一汪泉水和数亩农田。远景、近景和中景在这里相互配合,相互映衬,构建起层次感强烈、空间感明显的景深,令诗人所处的村落显得更加美好和安逸。

花间蝶飞舞

——《四时田园杂兴（其十五）》

蝴蝶双双入菜花，日长无客到田家。

鸡飞过篱犬吠窦，知有行商来买茶。

（南宋）范成大

范成大《四时田园杂兴》一共六十首，分为春日、晚春、夏日、秋日和冬日五部分，各有十二首。此处选取介绍的，是晚春田园杂兴第三首。整组诗歌通过书写一年四季不同时节农家的工作状态和生活方式，写出田园生活的真情实景，并对农家的辛苦感到悲悯。

暮春时节，村庄儿女各自耕作，各自辛苦，在田地里日夜耕耘，在院子里日夜纺织。今年天气也非常不错，庄稼都长得非常好。从窗户里望出去，看得见那一畦一畦菜蔬长势正好，"紫青莼菜卷荷香，玉雪芹芽拔薤长"。不时见到有蜂蝶飞舞着来到菜园里，在那黄白的菜花上略一停歇，又姗姗飞走，如此来来回回反反复复，令人感到喜悦。诗人在家乡闲居，看着那虚掩的柴门，略微感到有些寂寞无聊。没有什么客人上门谈天，不能与朋友对饮欢歌，总觉得少了点什么。久而久之，仿佛觉得田家的白昼也比较长一些，太阳总是迟迟不偏西而行。

就在这时候，一只公鸡突然扑棱棱地飞过篱笆，从外面跳到院子里，这才惊魂甫定地迈着小步走向鸡窝去了。隔着院子，传来一阵阵的犬吠。仿佛有人来了。诗人朝着来路的方向看了看，突然想起来，今天是约定好茶商来收茶的时候。晚春正是茶叶长成之时，新茶即将上市，这几日里整个村子里可不都在忙这事儿么？

单从这首诗来看，范成大写出一种田园乡居的惬意情味。诗人远避朝堂，在这乡野之间过着清淡的生活，甚至于一日之中只能闲看菜花略有无聊的日子。不过，读者依然可以体会得到，这种无聊之中仍然蕴含着诗人对田园生活的浓浓爱意，当那收茶的商人到来之时，所谓鸡飞狗跳，也是诗人心中情绪波动的体现，表明他对这农民春日的收成感到颇为期待。然而，真正要领略这首诗歌，就必须从《四时田园杂兴》组诗整体来看。

范成大是南宋诗人，而《四时田园杂兴》在两百年左右之后的元末明初就已经被公认为是经典作品了。钱钟书认为，这组作品和以往的田园诗歌略有不同。范成大延续了诗经《七月》的传统，表达了对老百姓痛苦的体会和对官吏横暴的愤慨，"使脱离现实的田园诗有了泥土和血汗的气息，根据他亲历的观感，把一年四季的农村劳动和生活鲜明地刻画出一个比较完全的面貌"。不过，就本书选取的这首诗歌来说，还是主要体现出隐居田园的生活状态。至于他写的悯农部分，要到秋天捐输纳税的时候才能够体现出来。比如秋日部分第五首，"垂成穑事苦艰难，忌雨嫌风更怯寒。牋诉天公休掠剩，半赏私债半输官"，一年的努力眼看要丰收了，结果却是一半还债一半充公，到头来还是家徒四壁衣食无着。

辑四 善避世求独

莫如归去
——《临安春雨初霁》

世味年来薄似纱,谁令骑马客京华。
小楼一夜听春雨,深巷明朝卖杏花。
矮纸斜行闲作草,晴窗细乳戏分茶。
素衣莫起风尘叹,犹及清明可到家。

(南宋)陆游

陆游,字务观,号放翁,是南宋四大诗人之一,也有人认为他是南宋第一诗人。陆游少年天才,十二岁就能诗能文,几次拔擢考试他都位居前列。《宋史》称他"才气超逸,尤长于诗"。他一生笔耕不辍,是如今存留诗歌最多的古代诗人,几乎将近万首,而其中大多数都水准很高。

这首《临安春雨初霁》是陆游晚年写的一首诗歌。当时，陆游已经六十二岁，此前在家乡赋闲五年，就在这年春天得到诏令新任命了一个官职。不过，新职务也不过是一个普通岗位，根本不能帮助他实现自己收复河山的抱负。所以，诗人通过写自己客居都城时的生活情境，笔墨细致、情感温润地表达了思乡之情，暗中则寄予了个人希望离开这炎凉官场回到家乡的隐居情怀。

"世味年来薄似纱，谁令骑马客京华。"首联以平实语气写出诗人客居京华的前提，即"世态炎凉"，以至于人情味淡薄，连那轻薄的细纱都不如。诗人自己质问自己，既然你明知道这世态炎凉，官场黑暗，你又何必来趟这浑水，是谁让你来到这都城做客呢？你岂不是庸人自扰？在这种反思之中，诗人开始对自己的处境作了深深的思考。

颔联是陆游诗歌中的名句，据说"小楼一夜听春雨，深巷明朝卖杏花"曾经传入宫中，深得当时皇帝赞扬。因为在都城过得不如意，诗人已经起了归隐故乡的念头，所以一夜不能入睡，即便躺在床上也辗转反侧，以至于听了一夜的春雨。到了第二天早上，他依然没有睡意，此时已经听见有人在小巷深处喊叫着"卖杏花"的声音。那杏花开得正好，经过一夜春雨，肯定更加鲜艳欲滴，但是自己却愁情苦绪集于一身，两相对比，春雨是愁，杏花也是愁。

"矮纸斜行闲作草，晴窗细乳戏分茶。"客居京城，官职令自己毫无期待,而人情冷暖又让自己觉得无可奈何。于是,诗人住在这里,就觉得愈发百无聊赖。他只好拿出纸张,在上面胡乱地写些草书。"闲作草"有一个典故。汉代书法家张芝擅长草书,但是他平常却是写楷书较多。人们问他为什么这样?他回答说:"匆匆不暇草书。"张芝是忙得顾不上写草书,而陆游如今是无事可做,百无聊赖,于是写草书就成了有空闲的代名词。写草书还不够打发时间,于是他又开始品茶。"晴窗"是雨后云开雾散,阳光明亮,窗明几净。"细乳"是沏茶时茶杯泛出的白沫。"分茶"是南宋时的茶道艺术,在这里是品茶的意思。"细"字看来不起眼,但在此处却意蕴无穷。诗人慢慢地冲茶,慢慢地倒水,慢慢地品尝,看起来极为闲适舒服,其实内心却实在是了无生趣,需要靠着这些缓慢的动作来打发时间。

"素衣莫起风尘叹,犹及清明可到家。"晋朝陆机在《为顾彦先赠妇》诗中云:"京洛多风尘,素衣化为缁。"陆游借用这个典故,说明京城实在不适合自己,与其在这里白白染上官场恶习,不如回家去。他盘算着时间,如果尽快出发,还能够赶在清明时节就回去。这两句诗也可以理解为,自己不要在这里徒然叹息了,等到公事忙完才能回去,这也是无可奈何的事情。不过好在清明时候就能办完公事,仍旧可以及时回家。由于京城对自己的吸引力实在有限,此时家园就成了他唯一的心理期待和心灵慰藉。

陆游一向被视为是爱国诗人,这与他收复河山的抱负密不可分。在其作品中，有大量是要求"扫胡尘""复河山"的，而他的名作名句也大都与之有关。宋代有人说，"前辈评宋南渡后诗，以陆务观拟杜，意在寤寐不忘中原"。与其他诗人关于战争的诗歌不同，他不是"慰问"，希望别人来收复河山，兴兵灭敌，而是愿意自己出来打仗，上马灭贼，如《秋声》诗云"人言悲秋难为情，我喜枕上闻秋声。快鹰下鞲爪觜健，壮士抚剑精神生。我亦奋迅起衰病，唾手便有擒胡兴，弦开雁落诗亦成，笔力未饶弓力劲。五原草枯苜蓿空，青海萧萧风卷蓬，草罢捷书重上马，却从銮驾下辽东。"豪迈之情溢于言表，征伐之意几乎喷薄而出。正是因为这种抱负的存在，陆游不能亲临战场，却只能在后方做一个技术性的官僚，让他很是不满意，但又无可奈何。写《临安春雨初霁》之时，他又已经垂垂老矣，因此更加惆怅莫名。所以，我们能够深切地感受到他诗中那种"莫如归去"的感觉，这看上去温润美丽的诗篇，其实是诗人对自己经国济世生涯的一曲"挽歌"，从此便要归隐田家了。

宋元明清 辑四 善避世求独

豁然开朗

——《游山西村》

莫笑农家腊酒浑,丰年留客足鸡豚。
山重水复疑无路,柳暗花明又一村。
箫鼓追随春社近,衣冠简朴古风存。
从今若许闲乘月,拄杖无时夜叩门。

(南宋)陆游

"山重水复疑无路,柳暗花明又一村"几乎是老少皆知、妇幼成诵的名句了。但是,从未完整地读过这首诗的人,却也不在少数。这首诗写一位旅客在立春时节途经某山村,见到当地人的生活之乐,心中不由感动,立下誓言希望能够过上这样的田园生活。

正是立春时节，天气转暖，而寒凉未去，正是乍暖还寒时候。此时离春节不远，百姓依旧沉浸在节庆的喜悦氛围之中。诗人独自出行，也不知道是为了什么事情而来，或许是走亲访友，或许是兴致所至漫游郊野。他在一处农家暂时居住，喝上家酿的米酒。这些米酒都是十二月便开始酿制，待到立春时节拿出来饮用。和城市里的酒比起来，这些酒显得有些浑浊，但是酌饮之间却也觉得甘甜有味，香气浓郁。今年年景不错，恰逢农家丰收。他们家里养了许多鸡和猪，与往年相比，可谓是粮食满仓、牲畜满圈，正所谓五谷丰登、六畜兴旺。一边喝着香甜的米酒，一边就见主人将各种菜食端上了桌子。

吃饱喝足，客人就又上路了。我们也不知道他到哪里去，也许他自己也不知道。他就这样东转西拐，四处漫游者。眼前的山水美景仿佛吸引了他的目光，频频驻足，随时吟哦出一两句诗来抒情表意。走着走着突然觉得好像迷路了，但柳暗花明之间，又突现生机。有时候，转个弯就又遥遥看见远处的矮墙村舍，所谓"暧暧远人村，依依墟里烟"是也。有时候，则是刚转过一个弯就发现已经置身村中，听得见"犬吠深巷中，鸡鸣桑树颠"了。

一年之计在于春。人们似乎也开始准备春耕了，各种敬神仪式也都在准备和举行着。客人一路走来一路听，到处都有吹箫击鼓的村民。箫声、鼓声前后呼应，杂处四方，而这也就意味着春社的日子快要来到了。到了那一天，村里的人们一定会相聚在一起，老少咸集，虔诚地拜祭天地，为一年的好收成祈福。客人看到，他们穿的衣服、戴的帽子都颇有古朴之风，简朴中别有一种雅致，与这美丽而平和的田园风光相互掩映，与这庄重平实的春社仪式相匹配，令人感到欣喜。

在这如画美景之中穿梭游历，在这桃源仙境般的山村穿山过河，使人不由地想要忘却时间忘却杂务在此留步。这些村民真正做到了诗意地栖居在大地上。诗人心中的琴弦被触动了，他暗暗发誓，如果将来有机会让我得到空闲，一定会在月光之下闲庭信步，随时随地来到这里叩响故人的木门。可以想象，当他再次来到，一定会如同此番一样享受到热情的接待，同时也能够看到一样的丰年盛景，和大家再次把酒言欢，忘却一身烦忧。

这首七言律诗的第二联即"颔联"广为人知，但其实在陆游之前已经有不少人写过，只不过陆游写得实在太出色，以至于"联无剩义"。王维《蓝田山石门精舍》云："遥爱云木秀，初疑路不同；安知清流转，忽与前山通。"柳宗元《袁家渴记》云："舟行若穷，忽又无际。"强彦文诗云："远山初见疑无路，曲径徐行渐有村。"

春色难掩
——《游园不值》

应嫌屐齿印苍苔,小扣柴扉久不开。
春色满园关不住,一枝红杏出墙来。

(南宋)叶绍翁

叶绍翁在历史上是一个小人物,但他的诗名却很盛,而且几乎就是因为一首《游园不值》名传千古。"春色满园关不住,一枝红杏出墙来"更是流传甚广,在今天几乎是无人不知、无人不晓的诗句。

先来看诗题。"游园不值",意思是诗人到一个园子去游玩,但是却没有遇到主人。"值",是遇到的意思。"不值"二字入诗题,在唐宋之后颇为常见,如唐代唐求有《友人见访不值》诗,元代诗人方回有《宗阳宫访叶西庄亨宗饮寻杜南谷道坚不值留诗并呈戴帅初》诗,元末明初张昱有《访晁云子不值》诗等。诗人所要拜访的是什么人,我们不知道,他也没有说。从诗题里看不出来。

"应嫌屐齿印苍苔,小扣柴扉久不开。"诗人此前应该多次来拜访过这位友人,但是敲门很久,也不见有人来开,"小扣柴扉久不开"。其原因是,主人担心来客的木屐在门口的苍苔上留下痕迹,影响了园中春色,所以常常拒不见客。"屐齿"指的是木屐的齿。木屐是一种底部有两齿的木底鞋,在隋唐以前是汉人的重要鞋类,特别适合在雨天泥地上行走。李白《梦游天姥吟留别》诗云:"脚着谢公屐,身登青云梯。"在宋朝,木屐仍然流行,但主要用作雨鞋。《宋高僧传·十九丰干传》记载:"其布襦零落,面貌枯瘁,以桦皮为冠,曳大木屐。"宋张瑞义《贵耳集》记载苏东坡在海南时的生活说,"东坡在儋耳,无书可读,黎子家有柳文数册,尽日玩诵,一日遇雨,借笠屐而归。"由此可见,叶绍翁访问主人,是在一个雨后初晴的时间来访,此时木屐的确容易在苍苔上留下痕迹,但主人之所以不见客人,更重要的恐怕还是因为爱惜春色,不忍心为别人破坏。

"春色满园关不住,一枝红杏出墙来"是颇为有趣的两行诗。诗人几次来访都不能见到主人,无缘得见园中春色,本来有些怅惘,此时突然看见墙头伸出一枝红杏,不由一阵窃喜。主人不愿意让我看,但我还是看到了,你这园子中的春色实在是太过饱满,以至于溢出墙外了。"春色"本来是一个虚体,但诗人用"关不住"来形容,就让其具象化,仿佛春色真的可以关住似的。

说起"红杏",在古诗中似乎是一个很特别的意象。同样是写春光，桃李就会给人以明艳的感觉，而红杏总是觉得有些朦胧。唐代毛熙震《女冠子》云："碧桃红杏，迟日媚笼光影，彩霞深。香暖熏莺语，风清引鹤音。翠鬟冠玉叶，霓袖捧瑶琴。应共吹箫侣，暗相寻。"从内容来看，是写一个女子，很有晚唐五代词的风韵，朦朦胧胧，似远似近。"红杏"在其中起到一种很别致的效果。另一个唐代诗人牛峤写《菩萨蛮》："玉钗风动春幡急，交枝红杏笼烟泣。楼上望卿卿，窗寒新雨晴。熏炉蒙翠被，绣帐鸳鸯睡。何处有相知，羡他初画眉。"也是写一个女子，将红杏与"笼烟"并置，显得朦胧多姿。叶绍翁写红杏出墙来，也含有春气氤氲，朦胧可爱的意思。

钱钟书曾经对这首诗做过比较详细的考释，他认为这首古今传诵的诗歌其实多有所本，而之所以能够格外有名，是因为写得比较"新警"。他认为，叶绍翁诗歌脱胎自陆游的《马上作》："平桥小陌雨初收，淡日穿云翠霭浮。杨柳不遮春色断，一枝红杏出墙头。"此外还有好些诗人写过"杏花诗"，诗意也都近似，但不及叶绍翁写得好。比如，温庭筠《杏花》诗云："杳杳艳歌春日午，出墙何处隔朱门"；吴融《途中见杏花》诗云："一枝红杏出墙头，墙外行人正独愁"；李建勋《梅花寄所亲》诗云："云鬓自沾飘处粉，玉鞭谁指出墙枝。"

纵观全诗，诗人写一来一去，一顾一盼，为观春色而来，虽然不见主人，但也得其所乐而去。正是这一枝红杏让诗人兴致勃勃的来访没有变成败兴而返，相反却让他格外惊喜，"兴尽而返"。这种平淡中出意外的写法，让他得以超出前代诗人平铺直叙的写法，具有了一种难得的机趣。

怅然叹息
——《晚晴野望》

洞庭微雨后，凉气入纶巾。水底归云乱，芦丛返照新。
遥汀横薄暮，独鸟度长津。兵甲无归日，江湖送老身。
悠悠只倚杖，悄悄自伤神。天意苍茫里，村醪亦醉人。

（南宋）陈与义

陈与义是两宋更替时候的诗人，他诗名早盛，"少在洛下，已称诗俊"。他写诗深受"江西诗派"黄庭坚、陈师道的影响，"天分既高，用心亦苦，务一洗旧常畦径，意不拔俗，语不惊人，不轻出也"。元代诗人方回将他与杜甫、黄庭坚和陈师道视为江西诗派的"一祖三宗"，杜甫为祖，其余三人为宗。靖康之变后，他避难湖北一带，又流落潇湘，目睹家国之难，但"国家不幸诗家幸"，他的眼界因此大为开阔，诗歌境界也日渐深刻。南宋诗人刘克庄说他，"避地湖峤，行路万里，诗益奇壮"，诗人杨万里也说他"诗风已上少陵坛"。

这首《晚晴野望》是诗人在一次雨后放晴时节，观看山村野景，心有戚戚而作。从中我们可以看到诗人对家国境遇的感伤，也能看到诗人无可奈何归隐乡野的情怀。

"洞庭微雨后，凉气入纶巾。"俗语说，"一场秋雨一场寒"。从第二联中我们可以判断出时间为秋季，所以如此说。虽然是一场小雨，但在湖边的人更能体会那种秋雨新晴之后的清爽之气。本来雨后天气就会凉爽一些，而诗人由于心绪惆怅，所以更加能够感受那种凉气。"纶巾"即头巾，也叫"诸葛巾"。明代王圻《三才图会》说："诸葛巾，此名纶巾，诸葛武侯尝服纶巾，执羽扇，指挥军事，正此巾也。因其人而名之。"也有人认为，纶巾是诸葛亮发明的，所以将此视为儒将的代名词。不过，陈与义所谓"纶巾"，可能就是一般的头巾，用来防寒。天气如此寒凉，以至于诗人虽然特别加戴了头巾，还是感到一股凉气侵上头来。一个"入"字，让凉气变得格外生动可见，仿佛活物一样直奔诗人而来。

接下来的四句，写诗人眼前所见的水景。"水底归云乱，芦丛返照新。遥汀横薄暮，独鸟度长津。"因为是在湖边观景，又是雨后新晴，所以诗人首先就看见近处水中的倒影。云彩在水中的倒影看上去就像是在水底一样，因为洞庭湖波澜不断所以那云彩随水波动，仿佛是乱云了。水边的芦苇在秋季逐渐枯黄萎落，但是影射在碧绿的水中，反而看上去犹如新绿的植物一样。从水中看现实，有如看镜中花一样，虽然美妙却不尽真实。当诗人极目远望，才真正体会到秋意。在远处的沙汀上，水天一色，在余晖的笼罩下，一层层的白云和水波仿佛融为一体，看上去就像是薄暮横铺在那沙汀之上。渡口在雨后看起来格外清新，加上视线变清晰，看上去也显得更长阔一些，可偏偏有一只鸟孤零零地飞过去，让这场景显得太过孤寂。诗人此时的心情，愈发沉重起来，心思也不由地从风景转向人事。

"兵甲无归日，江湖送老身。悠悠只倚杖，悄悄自伤神。"这两句是写他触景生情，想到国事，但是自己已经无可奈何，又不能尽力，只能暗自伤神。宋朝将士和金国士兵在前线作战，但是国土还是沦丧敌手。回头看看自己，已经是老迈多病，不能再上疆场了，注定要在这江河湖海之间慢慢老去直到死亡。如今他逃难南方，只能拄着手杖，站在这湖边，看着那悠悠的湖水，想着悠悠的往事，突然神伤。诗人因为不能为国家尽力，便觉得自己彷佛被世界遗弃了一样，只能在这荒山野村度过余年了。

"天意苍茫里，村醪亦醉人。"最后两句是聊自慰藉，但充满了伤感之情。雨后新晴带来的寥廓和明爽很快就因为暮色四合而消失了，诗人看着整个村落和洞庭湖都在苍茫夜色的笼罩下逐渐消失不见，自己也只得无奈地返回家中。回到家中，又不能安然入眠，白天思考过的问题，回忆过的事情，都在始终缠绕着他老弱的身体和脆弱的心灵。于是，他决定喝一点村中酿造的酒，虽然浑浊，虽然不是那么香醇，但毕竟可以醉倒一时，让自己忘却那些烦忧，做一夜的无忧村夫。